ガシュアード王国
にこにこ商店街 3

槇《まき》田《た》桜《さくら》子《こ》
デパートに勤める23歳のOL。仕事中、後輩である瀬尾と一緒にガシュアード王国へトリップしてしまう。
トリップ先の極貧生活を打破すべく「にこにこ商店街」をつくり、街おこしに奔走する。日本に戻りたいと強く望んでいるが……
シュルムト
王位継承権をもつ王子で、フェロモンだだ漏れの色男。利害の一致から、桜子と婚約関係となる。
森《もり》久《きゅう》太《た》郎《ろう》
日本で刊行されていた小説『ガシュアード王国建国記』の著者。桜子の父親かもしれない、謎の人物。
登場人物紹介

瀬《せ》尾《お》一《いち》蔵《ぞう》
桜子と共にトリップした、デパート社員。日本では何事にも無気力な青年だったが、ガシュアード王国に来てから活躍を見せ始める。
モリモト
グレン神殿の巫《かんなぎ》。数年前王都に現れた男で、桜子たちと同じ日本人。
マサオ
ガシュアード王国建国にかかわった英雄「クロス」の子孫。祖先が日本人のため、この世界では珍しい黒髪をしている。
ウルラド
宰相の息子で、元老院議員。文武両道の美青年だが、桜子を崇拝するあまり、ストーカー紛いの残念な行動をすることが多い。

第一章　婚約の儀

槙田《まきた》桜子《さくらこ》は、北海道旭川市の出身である。

北海道の国立大学を卒業後、東京銀座の大國《だいこく》デパート本店に勤務していた。――二年半前までは。

それが今、品のよい調度品に囲まれた、貴族の邸《やしき》の一室にいる。

これから舞踏会に出席すべく準備中だ。

周囲では、邸《やしき》の侍女や桜子が連れてきた元女官たちが忙しく動き回っている。

なぜ桜子が、このガシュアード王国の王都ガシュアダンにいるのか――

それは、今もって謎のままである。

簡単に説明すれば、勤務中に倉庫の棚から段ボールが落ちてきて――気づいた時には、エテルナという女神を奉《ほう》じる神殿の内部にいた。

まったく意味がわからない。

それも、たまたま倉庫に居合わせた、同じフロアで働く瀬尾一蔵《せおいちぞう》も一緒にだ。

瀬尾は、桜子が入社二年目に教育係を任された、年上の新人だった。

――もし、人が誰かを「瀬尾一蔵のようだ」と形容したとしよう。恐らくそれは「やる気がない」「サボり癖がある」「常識がない」「コミュニケーション能力を欠いている」ことを意味するはずだ。

　要約すれば「使えない」。

　そのような人物と二人で、桜子はこの世界に突然来たのだ。

　桜子たちが飛ばされた先のエテルナ神殿は、極貧状態だった。

　リアルに明日のパンがない。餓死《がし》を回避し、まともな生活を手に入れるには、努力と人手が要《い》る。

　使えない男を使えないままになどしておけなかった。桜子は瀬尾が理系であることだけを理由に「経理お願い」と、苦手な作業を丸投げしたのだった。

　以来、彼は南区の経理を一手に引き受けている。

　しかし、それも必要に迫られてのことで、彼の人間性に劇的な変化があったわけではない。

「花、もっと大きいのにして。耳の上に。あとは髪に編み込んで」

　少なくとも――

「……そこじゃない。もっと横。バランス考えて。あぁ、メイクは俺がするから」

　これほどキビキビと人に指示をするような人物ではなかったはずだ。

　今、瀬尾は並みいる女性たちの中心に立ち、司令塔として機能している。さながら敏腕メークアップアーティストである。

（今日の瀬尾くん、キャラが変わってるんだけど……）

　桜子はというと、椅子に座ってされるがままになっている。

――唐突にスタートしたガシュアード王国での生活は、波乱万丈だった。

神殿に現れたということと、この国では珍しい黒髪であったことから、桜子は神殿の神官たちに『エテルナの巫女《みこ》』と認識されてしまった。おかげでひとまず安全は確保できたが、とにかく食べるものがない。

極貧状態だったのは神殿だけではなかった。南区全体が困窮《こんきゅう》していたのだ。人口は減り、市場もシャッター通りと化していた。

謎のトリップから二年半。桜子は、餓死《がし》回避からスタートし、様々な妨害を切り抜け、寂《さび》れた市場を商店街として復興させるところまで漕ぎつけたのだ。

そして今――貴族の邸《やしき》で舞踏会の準備に勤《いそ》しんでいた。

この邸《やしき》の主はマサオ・フォン・クロス。桜子と瀬尾は、今日このマサオと養子縁組をした。これから臨《のぞ》むのは、貴族の一員となった二人のお披露目《ひろめ》の舞踏会である。

復興させた南区にこにこ商店街の代表として働く桜子が、なにゆえに貴族の身分となり、煌《きら》びやかな舞踏会に臨《のぞ》まねばならなかったのか――

それはひとえに、日本へ『帰る』ためである。

「槙田さん。目、つぶってください」

ひんやりと湿ったものが、閉じた瞼《まぶた》に触れる。

「ちょ……瀬尾くん、ライン太くない？　っていうか、長くない？」

「なに言ってるんですか。こっちの室内の光量でナチュラルメイクなんて、悲惨なことになりますよ。ラインくらいがっちり入れないと。――次、口紅入れます」

目の前に鏡がないので、桜子は自分の状態がよくわかっていない。

唇に、湿った筆が触れる。

桜子は不安にかられて、腿《もも》の上に置いた手を祈るように組んでいた。

王都に住まう人の大半は、ビジュアルが欧米人だ。コーカソイドである。日本人の桜子と彼らとは、頭身からして違う。王都には、桜子に似合うドレスなど存在しなかった。

舞踏会への出席が決まってから、桜子はため息ばかりついていた。

似合うとは到底思えないドレスを着るのが、どうしても嫌だったのだ。ドレスのカタログを前に頭を抱える桜子を「めんどくさい」の一言で片づけたのが、瀬尾だった。

瀬尾は、デパート勤めをする前にイラストレーターをしていたそうだ。美的センスは信頼できる。桜子は藁《わら》にもすがる思いで彼にドレスのデザインを依頼した。

以来、水を得た魚のように瀬尾は変わった。――というか、変だ。

そもそも女性の控え室に、瀬尾《おとこ》がいる時点でおかしい。もちろん、入室を止める者はいた。そこを「この人は俺の作品だから。芸術に性別は関係あるけど、今はない」と押し切ったあたりから、彼はいつもの彼ではなかった。

キビキビと指示を出し、ビシビシと意見を言い、テキパキとメイクをする瀬尾の勢いに呑まれて、桜子は落ち込む機会を逸《いっ》してしまっていた。

「――綺麗だ」

そんな感想まで述べ出した瀬尾を、桜子は珍獣《ちんじゅう》を見る目で見てしまう。

綺麗、というのは、瀬尾が自分の作品の出来映えに満足している、という意味であって、それ以上の意味ではないことは百も承知だ。

「完成したの？」

「そのまま。動かないでください。今スケッチするんで」

「鏡見たいんだけど！　怖い！」

「喋《しゃべ》んないでくれません？　今日は一日、口開かないでくださいね。——動かないで」

瀬尾は画板を首から下げ、忙しく手を動かしていた。

この一連の労働の対価として瀬尾が要求したことは、桜子が絵のモデルになることだった。月の女神の化身のごとき姿に作り上げてみせるので、それを絵に描かせてほしい——と。

似合わないドレス地獄から救ってもらうのだ。桜子は瀬尾の要求を受け入れた。

約束した以上、おとなしくしているしかない。姿勢を正して黙っていると、横で「完璧だ」「綺麗だ」という声が聞こえてくる。絵を描いている時の瀬尾は独り言が多い。

コンコン、と扉が鳴って、すぐに開いた。

「サクラ。イチゾー。準備はできたか？」

入ってきたのはマサオだ。約八十年前に日本から王都に来た——建国の英雄の一人、クロス伯爵の子孫である。彼は平たく言えば日系人で、そこはかとないアジアテイストを感じさせる顔立ちをしている。

マサオはシャツの上に『ガーラン』という丈の長いジャケットのようなものを着ていた。貴族の男性のややフォーマルな服装らしい。今日の瀬尾もマサオと同じような出で立ちだ。明治の遣欧使《けんおうし》節団《せつだん》にしか見えない。

「マサオさん！　変じゃないです!?　とんでもないことになってません？」

桜子がマサオに確認しているところに、瀬尾が割って入る。

「とんでもないってどういう意味ですか。俺の作品に文句はつけさせませんよ！」

(あぁ、もう！　今日の瀬尾くん、メンドくさい！)

「——ふむ」

マサオは顎《あご》に手を当て、桜子を上から下まで見た。

「変なら変って言ってください！　マサオさん！」

「ふだんと違う、という意味では変だが、月の女神の化身としては上出来だ。——さ、行くぞ」

(変なの変じゃないの、どっちなの!?)

マサオが腕を差し出す。その手を取って立ち上がったところで——鏡が見えた。

「うわぁ！　なにこれ！」

桜子は大きな声で叫ぶ。

「月の女神ですよ」

瀬尾の回答は明快だった。

桜子が着ているのは、瀬尾がデザインしたベアトップの白いドレスだ。パニエを入れないシンプルなAラインで、胸の下のリボンは背中で結び、ふんわりとボリュームを出している。

ドレスはたしかに桜子に似合っている。メイクも月の女神らしい雰囲気かもしれないが……

(これ、二十一世紀のセンス……！)

このような格好をした貴族の女性を、これまで一度としてこの国で見たことがない。

「客が待っている。行くぞ」

マサオが一歩踏み出すのに、桜子は必死で抵抗した。

「待って！　瀬尾くん、これ、マズいよ。いや、すごくいいセンスだと思うよ？　……けど！　やっぱりこれ、マズいって！　時代を先取りし過ぎてる！」

瀬尾は「問題ありません。王都の芸術は今日から俺がリードしていくんです」とツッコミどころのわからない発言をしていた。

マサオは桜子の動揺を意に介さず「行くぞ」と簡単に言って歩き出す。

誰の助けも期待できない。——もう、覚悟を決めるしかないようだ。

(落ち着いて、落ち着いて……)

廊下に出て舞踏会の会場になるホールへ向かう間、桜子は何度も深呼吸をした。

逃げるわけにはいかないのだ。

——この道は、日本に続いている。

続いているはずだ。だから桜子は今、ここにいる。

マサオとの養子縁組も、この舞踏会も、日本に帰るための手段なのだ。

「サクラ。皆も君たちを歓迎している。そう硬くなるな」

「――はい」

ギギ、と音をたて、ホールに続く扉が開かれた。

蝋燭《ろうそく》の灯《とも》るシャンデリア。豪奢《ごうしゃ》なホールに集まった貴族の男女。静かに曲を奏《かな》でる音楽隊。

桜子は、ごくりと唾《つば》を呑んだ。

集まったゲストたちの目が、桜子たちに注がれる。

(う、浮いてる……！)

桜子の出で立ちは、この場の誰とも違っていた。

(落ち着いて……ここは瀬尾くんのセンスを信じよう……！)

瀬尾の常識力は信じられないが、イラストレーターとしての美的センスは信じてもいいはずだ。

マサオが、中央に進む。

「お歴々、本日晴れて当家に迎えた二人を紹介しよう。マキタ・サクラ・クロスと、セオ・イチゾー・クロスだ」

ワッと拍手が起きる。――歓迎されている、とゲストの笑顔から理解できた。

「ご存知の方も多かろうが、彼らは東方からエテルナ神殿へ遊学し、見事に南区の経済を立て直した。我がクロス伯爵家は彼らの功を称《たた》えると共に、故郷を同じくする誼《よしみ》から、この王都にいる間、家族として彼らを遇《ぐう》したいと熱望し、この度それが叶えられた。彼らの友情に感謝する。今日は披《ひ》露目《ろめ》のために設《もう》けた会だ。親交を深めてもらいたい」

マサオの挨拶《あいさつ》が終わり、桜子は接客用の笑顔で会釈《えしゃく》をした。

華やかなワルツが始まる。

このガシュアード王国は、信じられないことに――日本で出版されていた『ガシュアード王国建国記』というファンタジー小説の世界に酷似《こくじ》しているそうだ。今、自分たちがいる世界は、小説に描かれた建国の英雄ユリオ王の活躍から、約八十年後――ユリオ三世の治世下だという。

『建国記』の作者は故人だが、瀬尾は生前の作者から直々《じきじき》に挿絵《さしえ》を依頼されていたそうだ。

桜子はその本の初版を、子供の頃にちらりと読んだことがあった。だが、冒頭のぼんやりとした記憶があるだけで、内容までは覚えていない。

桜子がその物語を手にしたのは、母親の本棚にあったからだ。

その作者が、桜子の実の父親だった――らしい。

顔も知らない、名前も知らない、死んだものと思っていた父親――かもしれない作家が書いたファンタジー小説。その世界にいる、という感覚は、桜子に、目の前の出来事から現実感を削《そ》がせた。

南区での日常生活でさえ感じるのだから、こんな非日常な空間ならば、尚更だ。

ヴァイオリンに似た弦楽器が何種類かと、チェンバロのような音色の楽器。それらが華やかに音楽を奏《かな》でている。ゲストたちは軽やかに踊り出した。

何人かの男性が、遠巻きにこちらを見ている。

その時、桜子たちのもとに、一際《ひときわ》目立つ赤い髪の貴公子が近づいてきた。碧《みどり》の瞳のこの美青年は、宰相の息子で、最年少の元老院議員。建国の英雄であるソワル伯の子孫、ウルラドだ。

「あぁ……！　なんとお美しい！　神話の女神も、今宵《こよい》の貴女には嫉妬《しっと》するでしょう！」

感極まった声を出した後、ハンカチで鼻を押さえる。例によって鼻血を出したらしい。彼は天が二物も三物も与えたような存在であるにもかかわらず、非常に残念な感性を持っていた。出会った当初から、なぜか桜子に執着しているのだ。最近はそれが高じて、桜子と顔を合わせる度に鼻血を出すようになってしまった。

（ウルラドに褒められても、全然安心できないし！）

美的感覚が人とズレているとしか思えない彼からの賛辞は、まったくあてにならない。

ふいに、人混みが割れた。

プラチナブロンドの短い髪。紺色のガーランを着た長身の青年に、視線が集まる。

この青年は、ガシュアード王国王位継承権第五位の王子である。名はシュルムト。辺りで「中将様だ」と声が上がったのは、彼が王都護軍《おうとごぐん》、通称『都護軍《とごぐん》』の中将であるからだ。

現国王ユリオ三世の孫ながら、軍人として身を立てており、その手腕や人柄は王都民に深く慕《した》われている。

――桜子は、この王子の婚約者候補である。

「麗《うるわ》しき月の女神。最初の曲を踊る栄誉をいただけまいか」

そう言って差し出されたシュルムトの手に、桜子は若干強張《こわば》った笑顔のまま、手を重ねた。

桜子は、彼の婚約者候補ではあるが、恋愛関係にはない。この関係は、お互い必要に迫られてのものだ。周囲の目を欺《あざむ》くために、彼といる時は『恋人の演技《フリ》』が必要になる。これに桜子はまだ慣れていなかった。

シュルムトは広間の中央まで桜子をエスコートしてから、改めてとても優雅な礼をした。

知らない仲ではないのだが、こんな場所で会うと別人のように見えてくる。

（王子様……なんだよなぁ）

平凡なＯＬだった自分が、異世界にトリップした挙句、王子様の婚約者などになろうとは。

まったくキャリアプランにはなかった立ち位置である。

その時、顔を上げたシュルムトが「化けたな」とおかしそうに言ったので、ふっと緊張が緩《ゆる》んだ。

（……おっと、今日は喋《しゃべ》っちゃいけないんだった）

ちらりと横目で見れば、瀬尾がまるで鬼コーチの貫禄でこちらを見ている。

桜子は『微笑みで応《こた》える』という高度なコミュニケーションを余儀なくされた。

シュルムトが腕を広げ、桜子は身体を寄せる。

しっかりと腕が握られて、背には大きな手が添えられた。

（足、踏みませんように！）

音楽にあわせてシュルムトの身体が動き、桜子は足を一歩後ろに下げる。

ターンをすると、腰のリボンがふわりと躍《おど》った。

習ったことを必死に思い出しながら、リードにあわせて足を動かす。然程《さほど》上達はしなかったが、
笑われない程度のレベルにはなっているはずだ。

（あ！　マズい！）

前に出した足が、シュルムトの足を踏んでしまった。

「気にするな。ずいぶんマシになった」

シュルムトの声に励《はげ》まされ、気持ちに多少の余裕が生まれる。

華やかなワルツ。輝くシャンデリア。こちらを見る、美しく着飾った男女たちの視線。

夢の中にいるような、不思議な時間だった。

桜子はなんとか最初の一曲を踊り切って、安堵《あんど》の吐息を漏らした。

――すぐにまた次の曲が始まる。

踊りの輪の外にいる青年たちが、こちらの様子を窺《うかが》っていた。このままシュルムトから離れれば、彼らが誘いにくるのだろう。

（まだ、知らない人と踊れるレベルじゃないんだよなぁ……足踏みそうだし）

助けを求めるようにシュルムトを見上げる。通じたのか、彼は曲にあわせて動き出した。

今度は、先ほどの曲よりもテンポが速い。

更に次の曲も続けて踊った。

突然、シュルムトが「抜けるぞ」と言った。

そして握っていた手をそのままに、彼は桜子の手を引き人の輪の中を突っ切っていく。

「え？　どこ行く気？」

「嫉妬《しっと》深くも恋人を独占すべく連れ出した。――という筋書きでどうだ？」

なかなかに洒落《しゃれ》た理由だ。

桜子は「それ、いいかも」と笑って答える。

手を引かれたまま、窓からバルコニーに出た。火照《ほて》った頬に、風が心地いい。

空には月がかかっている。明るい月だ。

近くにいた給仕人が、気の利いたことにワインのデカンタとグラスを持ってきた。恋人たち――シュルムトと桜子は恋人ではないが――の語らいに理解があるらしい。

窓が閉まり、音楽が少し遠くなった。

シュルムトは桜子にグラスを一つ渡して、

「麗《うるわ》しき月の女神に」

と言ってグラスを掲げる。

桜子は、最初の一杯をあっという間に空にした。

「……ほんっと疲れた！　顔、これ、変じゃない？　すっごい浮いてたよね。瀬尾くん、月の女神は喋《しゃべ》っちゃダメとか言い出すし！」

「なるほど。セオの指示か。あれでなかなかの策士だな。……だが、やはりそうしていた方がいい。落ち着く」

「はいはい、そうですか」

しおらしい桜子は調子が狂う、と言っているのだろう。こちらも、ステキな王子様の顔で近づかれるより、軽口でも叩いてくれた方が気楽でいい。

「目的は果たした。上出来だ」

「――これで、『婚約の儀』に出られるんだよね？」

「あぁ。養子縁組の書類が受理されたと連絡があった。障害は消えた」

桜子がマサオと養子縁組をしたのは、シュルムトと婚約するためだ。王族である彼との婚約には、貴族の身分が必要だった。

これで一歩、目的に近づいた。だが、まだ桜子はシュルムトの『婚約者候補』でしかない。

正式な『婚約者』に昇格するには、『婚約の儀』を成す必要がある。

シュルムトは、この『婚約の儀』に過去二度失敗しているという。

――『塔』が拒《こば》んだのだ。

王族が婚約をするには、『塔』に認められねばならない。

塔というのは、王宮にある塔のことらしい。実態はわかっていないが、とにかく大きな権限を持った存在であることだけは確かだ。

桜子の願いはただ一つ。――日本に帰ること。

シュルムトは、日本に帰る方法に心当たりがあると言った。

だがそれは、王家の秘事《ひじ》だという。

王家の秘事《ひじ》に王族ではない桜子が触れるには、王族に準じる立場――彼の婚約者になるしかない。

シュルムトも、彼の側の事情で、婚約者を必要としていた。この『婚約の儀』が成立すれば、両者の目的は達せられる。よって、利害が一致したシュルムトと桜子は、協力関係を結んだのだ。

「もうすぐだね」

ガシュアード王国では、慶事に慶事を重ねる慣習がある。近く行われる現国王、ユリオ三世の即位三十五周年の式典にあわせ、シュルムトと桜子の『婚約の儀』も行われることに決まった。残り一カ月を切っている。

「儀さえ乗り切れば、秘事《ひじ》を共有できる。ニホンへ帰る道も見えるだろう」

「ちょっと心配なんだけど……塔の審査って、恋愛関係が必須ってこととか、ないの？」

「ない」

シュルムトは、まったく迷わず断言した。

「前に失敗した人とは、きちんと恋愛して、それでもダメだったってこと？」

「相思相愛ではないまま儀を成した夫婦を知っている。基準はわからん」

「じゃあ、頑張りようもないわけね」

「そういうことだ。もし価値があるとすれば、それはお前がお前であることの他にない。俺はお前であれば塔は認めると信じている」

これまで、桜子は知恵を絞ってこの世界で生きてきたつもりだ。

だから今、日本に帰れるか否かのかかった大きな試練を前になんの努力も要《い》らないと言われると、かえって落ち着かない。

「――よろしくね」

桜子は拳《こぶし》を目の高さに上げた。それは、昔なにかの映画で観た一シーンで、戦友同士が互いの士気を鼓舞《こぶ》するためにした仕草だった。

「あぁ。よろしく頼む」

シュルムトも拳《こぶし》をコツンとぶつけた。以前そうしたのを覚えていたようだ。

途端に、ぐぅ、と桜子の身体が空腹を主張した。思わず、顔を見合わせて小さく笑う。

「お腹空いた……」

「控えの間に戻るとするか。――そのドレスで庭は歩けんな」

ひょいと軽く、シュルムトがバルコニーから飛び降りた。

「え？　庭から戻るの？」

「来い。抱える」

「わ、わかった」

ホールに戻れば、ダンスを申し込まれること請《う》け合いだ。

桜子は思い切って、シュルムトに身体を預けた。

（うわ！）

さすが職業軍人だ。日本人としては小柄ではない桜子を、シュルムトは軽々と運ぶ。

「……王子様に、お姫様だっこされるなんて」

「お姫様だっこ？」

「今の、この格好。……人生、なにが起きるかわかんないなぁって、思ってた」

月明りの中、王子に抱えられて美しい庭を歩く。なかなかにロマンチックなシチュエーションだ。

「そうだな。……神ならぬ身だ。先のことなどわかりようもない」

庭から邸《やしき》に入り、ふわりと床に下ろされる。

「ありがと。助かった。ドレス汚さずに済んだよ」

「部屋まで送ろう」

控え室に戻ると、シュルムトは侍女たちに桜子の分の食事を運ぶように指示した。

「シュルムトは、広間に戻るの？」

「さすがにあのままベッドに雪崩《なだ》れ込んだと思われては困るからな」

シュルムトは笑って、扉に手をかける。

「今日はお疲れ様。ありがとう」

桜子の言葉に、シュルムトが扉の前で振り返った。そして桜子を手招きする。

それに応じて、彼に近づく。

「言い忘れるところだった。——今宵《こよい》のお前は、月の光も霞《かす》むほど美しい」

シュルムトはそう言い、桜子の髪に挿《さ》してあった花を一輪抜いた。

「……なに、それ」

近くに侍女がいない今、恋人のフリは要《い》らないはずだ。

「ただの感想だ」

馬の毛艶《けづや》を褒めるようなものか、と桜子は理解した。

「了解。ありがと。——でもそういうの、ホールにいる綺麗な女の子に言ってあげて」

肩を竦《すく》めつつ、礼を言う。

「今宵《こよい》は誰とも踊らん。安心して休め」

シュルムトは花をガーランの胸ポケットに挿《さ》し、今度こそ出て行った。

——まるきり恋人扱いだ。

（要《い》らないのになぁ……そういうの）

桜子に必要なのはパートナーであって、恋の相手ではない。

シュルムトもまた、目的をもって桜子に婚約を持ちかけている。

だが、この関係が始まった時、自分の目的のために桜子を利用する以上大切に扱う、と彼は桜子に宣言していた。あちらがマナーの問題で恋人扱いしてくるのなら、こちらもそれに慣れるべきなのだろう。

そして——

「なんでいなくなってんですか……！　俺が、俺がどんだけあのゴムみたいな脂肪の塊《かたまり》にビビったか！」

メイクを落とし、窮屈《きゅうくつ》なドレスからも解放された桜子が食事を楽しんでいる最中に、瀬尾が戻ってきた。

美女たちの見事なデコルテに恐れをなしたようだ。彼の好みがハイティーンの凹凸《おうとつ》がない細身の女性であることは、不本意ながらも知っている。瀬尾は、ものすごく動揺していた。なんと彼らしい反応だろう。いつもの瀬尾だ。それでこそ瀬尾一蔵だ。

（おかえり、瀬尾くん……）

桜子は胸の中でそっと呟いた。

桜子と瀬尾は貴族になった。だが、南区の中央通りに面した事務所で寝起きし、商店街の仕事をする生活は、これまで通りに続いていた。

それでも多少の変化はあった。その一つは、服装だ。

桜子は、こちらに来てから愛用していたアオザイのような服を着ることはなくなった。貴族の女性と同じエンパイアドレスを着ている。髪はシイラが毎朝華やかに結うので、日本にいた時よりもアレンジのバリエーションが増えた。瀬尾も、マサオと同じ系統の服装に替わった。

もう一つの変化は、桜子の仕事に対するスタンスだ。

いずれ日本に帰ることが、以前より現実味を帯《お》びてきたのだ。これからは事業規模の拡張よりも、自分が去った後にも残すことのできるものを、できるだけ増やす、ということが重要だと考えるようになった。

着の身着のままでこの世界にやってきた桜子を、エテルナ神殿の面々は保護してくれた。パンを売って日銭《ひぜに》を稼ぐようになってからこれまで、商店街が順調な発展を遂げてきたのは、スタッフ全員のおかげだ。彼らに少しでも恩を返したい。

その日も桜子は、にこにこ商店街の顔である、パンと惣菜《そうざい》の店『月の光亭』にいた。

「これ、お花見用の案。野菜を練り込んだパンにして、見た目を華やかにしたいの」

新商品の開発は、パン屋の息子のタオと惣菜《そうざい》屋のフィアが中心になっている。

テーブルの上には、お花見商戦に備えた『おいしいパン』――桜子が提案したベーグルサンドの商品名だ――の詰め合わせを図で示した紙が置かれている。

王都には、日本の花見のように敷物を広げ、花を眺めながら食事をする習慣がない。

これを定着させるべく、桜子は『お花見バスケット』という名で、おいしいパンとワイン、敷物の入ったセットを販売する企画を立てている。

「なるほど。これは華やかでいいですね。ひとまず、作ってみます」

「この生地に合うよう、燻製肉《くんせいにく》も何種類か用意しておきましょう」

タオはさっそく、桜子が書いたレシピに細かい分量を書き加えていた。ここから試作をして商品化まで持っていくのは、スタッフたちの仕事になる。

タオとフィアが作業に入ったので、試作品を待つ間に新作のアイディアをまとめることにした。

このところ、桜子は多忙である。礼儀作法にダンス、歴史の勉強と貴族社会の基礎を学ぶのに時間をとられていた。商店街にかかわる案を練る時間は限られる。

桜子が考え込んでいると、外で待機していたラシュアが中に入ってきた。

「少し外します。こちらでお待ちください」

ラシュアは桜子専属のボディガードだ。彼女の雇い主はシュルムトで、彼への報告や連絡のためにラシュアが桜子の傍を離れることは珍しくない。

(スパイシーなメニューを増やしたいんだよなぁ……)

窓の外を見れば、まだ桜の季節にも早い。

ガシュアード王国の四季の移ろいは穏やかで、雪もほとんど降ることはない。こちらに来て最初の一年は、気候の違いに驚いたものだ。

吐く息でマフラーが凍る旭川の冬が、無性《むしょう》に懐かしくなる。

その時、窓の外を元女官のエマが通りかかった。

エテルナ神殿に勤めていた女官の面々は、ある事情で桜子が巫女《みこ》の立場を棄《す》てた際、一緒に還俗《げんぞく》している。彼女たちとは事務所で寝食を共にする仲だ。

「エマちゃん！」

ところが――エマは桜子の顔を見るなり、逃げだすように走っていった。

様子がおかしい。桜子は月の光亭を出て、エマの後を追う。

この時、桜子はラシュアの帰りを待つか、南区の自衛組織、白バラ自警団の詰所《つめしょ》に応援を呼びに行くべきだったのだろう。だが、すぐそこまでだし。南区の中だもの。――そんな油断が判断を誤らせた。

（いた。……なにかあったのかな）

空き家の中から話し声がする。桜子は壁に身体を隠し、ひとまず様子を窺《うかが》った。

「……もう、嫌なんです。これ以上、あの方を裏切ることなんてできません！」

「できねぇなら、お前の兄貴の借金を、今すぐ耳揃えて返せよ」

エマと若い男の声だ。

（これって、もしかして……）

桜子の身辺の情報を、森本《もりもと》という男に渡している人物がいることは以前からわかっていた。だがそれが誰なのかまでは、はっきりとはわかっていなかった。

このガシュアード王国には、森本、という名の日本人がいる。桜子たちよりも数年早くこの王国に来た男で、南東区のグレン神殿の巫《かんなぎ》。そして『モリモト・スーパーマーケット』の経営者だ。

彼は桜子たちを目の敵《かたき》にして、様々な妨害を繰り返してきた。

（森本さんに情報を渡してたスパイは、エマちゃんだったんだ……）

エマの兄は借金を抱えており、それを救うためにエマは情報を売っていたようだ。

「ちょっとした芝居だ。すぐに帰す。な？　裏切るなんて話じゃねぇんだ」

「……絶対にできません。本当に素晴らしいお方なんです。これ以上は――」

エマは――脅迫されている。

桜子は、息を殺してその場を離れた。

白バラ自警団の詰所《つめしょ》まで走るつもりだった。エマを助けたい。

しばらくして、賑《にぎ》わうにこにこ商店街の表通りに出る。そこで――行き交《か》う人々の中に、知った顔を見つけてしまった。

「サクラ――」

ミホだ。城外西区のブドウ農家の息子で、桜子にとっては『元恋人未満』という、微妙な関係にあった人である。

桜子は彼からの好意を、いずれ日本に帰る身だから――という理由で拒《こば》んだ。にもかかわらず、今は別の男性と婚約している。

ミホの家族に「彼とはもう会わない」という約束もしていた。

とにかく気まずい。

ふだん、にこにこ商店街のスタッフたちは、ミホと桜子が鉢合わせしないよう、気をつかっているらしい。おかげで、これまで偶然に遭遇することはなかったのだが。――これは不可抗力だ。

桜子は別の道を通ることに決め、くるりと踵《きびす》を返した。どちらを通っても距離は変わらない。

裏道を進んだところで――突然、肩に手が置かれる。

「――マキタだな？」

口を塞《ふさ》がれ、首の後ろをトン、と叩かれ――桜子の意識は、途切れた。


ふっと意識が浮上する。

その一瞬の間に、桜子は、いつものようにある期待をした。

目を覚ますとそこは――実家だったりはしないだろうか、と。

東京で一人暮らしをしていた部屋でもいい。大國デパート四階倉庫でも大歓迎だ。

そうした期待は、この二年半、ことごとく裏切られ続けてきた。

「ん……」

暗い。ひんやりとしている。身体が痛い。

ここが日本ではないという失望に浸《ひた》る暇はなかった。桜子はガバッと身体を起こそう――として、自分が縄で縛《いまし》められていることに気づいた。

「目が覚めたか」

少し高いところから聞こえた声に、桜子は「うわッ！」と叫んでいた。

そこにいたのは、森本だ。

桜子は、手首を身体の前で縛られ、床に転がされていた。

「な……え？　ど、どういうことですか!?」

森本は椅子に座り、桜子を静かに見下ろしていた。蝋燭《ろうそく》の揺らめく灯《あか》りで見る彼の顔は、いつにも増して恐ろしく見える。

「多少の手違いがあった。時間がない。話をさせてもらう」

部屋の作りは、エテルナ神殿の地下室と同じだ。棚には小麦粉の袋がいくつも積まれている。

「ここ……どこですか？」

「グレン神殿だ。……お喋《しゃべ》りをしている時間はない。――和解がしたい」

なにを言われているのか理解できなかった。人を拉致《らち》してこんな扱いをして『和解』とは、一体どういうことなのか。

「縄、解いてください」

「いいか、君はある男に攫《さら》われかけた。私はその男を説得し、君の安全を確保した。わかるか？　納得してもらえるのであれば、無傷で解放する。認められないというのであれば――多少手荒な真似《まね》をせざるを得なくなる。黙って頷いた方が身のためだ」

これは和解の申し出ではない。脅迫だ。

桜子はキッと森本を睨《にら》む。

「今すぐ解放してください。私は、もう神殿の巫女《みこ》じゃありません。シュルムトとの関係も、あくまで私的なものです。政治への野心なんてないですし、貴方の邪魔をする気もありません」

森本は、桜子たちに様々な形で脅しをかけていた。彼が問題にしていたのは、神職に就《つ》いていること、為政者《いせいしゃ》との接触、経済的な成功、の三点だったはずだ。

だから桜子はエテルナ神殿を出て還俗《げんぞく》したし、一時期はシュルムトたちとの接触も控えていた。今は日本に帰るために彼の婚約者候補にはなっているが、表面上は恋愛関係でしかないのだから、完全に私的な関係だ。政治とは無縁である。にこにこ商店街の規模も、森本にとっては問題にならないほど小規模であり、経済的に彼に影響を与えるような成功はしていない。

彼を刺激しないよう、最大限の努力はしてきたのだ。文句を言われる筋合いはない。

「そんなことはもうどうでもいい。事情が変わったんだ。こっちも振り回されている」

「……どうでもいいって！　こっちがどれだけ苦労してると思ってるんですか！」

森本は桜子の言い分に頓着《とんちゃく》せず、話を続けた。

「『婚約の儀』が成れば、君も情報を得ることになる。話はそこからだ」

桜子は眉間《みけん》にシワを寄せた。

「おっしゃってる意味が、わかりません」

「理解する必要はない。君が私の邪魔をしなければいいだけだ。塔の――」

——ドン！

突然、なにかが落ちてきた。

（……ッ！）

悲鳴を上げる間もない。身体を守ろうとしたせいで、手首に縄がグッと食い込む。

森本の足元に、大きな小麦粉の袋があった。棚から落ちたのだろう。

桜子は腕を縛られた状態だ。頭の上にでも落ちていたら、命を落としたかもしれない。

「び、びっくりした……！」

森本は睨《にら》むように棚の上の方を見、それから一つため息をつくと話を続けた。

「……とにかく、私は君の敵ではない」

「だから、和解しろって？　スパイまで送りこんできたっていうのに、虫がよすぎませんか？」

「あの女は、なんの役にも立たなかった。君が仕掛けた猿芝居のせいで、私は南区にも近づけなくなったんだ。この状況下では、やむを得ない措置だ」

去年の祭りで、桜子は森本の評判を落とすような芝居を上演した。芝居は、もし次にトラブルが起きれば、加害者は森本だ、と都民が思い込むように脚色したものだ。

「繰り返しますが、先に仕掛けてきたのはそちらです。あくまでも自衛のために——」

——頭上から、人の声が聞こえてくる。

チッと舌打ちをして、森本は桜子に近づいた。

「君は『何者かに連れ去られたところを、グレン神殿のモリモトに助けられた』。わかるな？」

早口で言いながら、森本はやや乱暴に桜子の拘束を解いた。

バタバタと足音がして、扉の前で止まる。

「モリモト様！　お戻りください！　このままでは、火が……！」

(火⁉)

窓のない地下室で、火に巻かれては一たまりもない。血の気が引く。

森本はまたチッと舌打ちして、桜子の腕を掴んで引き起こした。

「行くぞ。先ほどの件、忘れるなよ」

ぐい、と桜子の腕を引き、森本は歩き出す。

(どういうこと？　なにが起きてるの？)

腕を引っ張られたまま、地下の廊下を歩いていく。

急な階段を上り、地上に出ると——エテルナ神殿にあるような、線香を供《そな》える鉢が見えた。グレン神殿の本殿だろうか。古代ローマ人のような白い装束《しょうぞく》を着た神官たちが集まっている。——ここは、敵の本拠地のど真ん中だ。足が竦《すく》む。

「サクラ！」

——声がした。

馬が嘶《いなな》く声と、馬蹄《ばてい》の音が高く鳴る。

「シュルムト……‼」

本殿に、白い馬が飛び込んできた。——シュルムトだ。

桜子は森本の手を振り切って、シュルムトに向かって走った。

「サクラ！　掴まれ！」

馬上から身体を倒して差し出されたシュルムトの腕に、必死に掴まった。

グイ、と引き上げられ、鞍《くら》に横座りする形で下ろされる。白馬は足踏みをして、動きを止めた。

「助かった！　ありがと！」

「無事だな？」

「うん。おかげさまで！」

森本の周りにいる神官たちは両膝をつき、胸に手を当て、頭を下げた。

ただ一人、森本だけが立ったままでシュルムトを見上げている。

馬上のシュルムトは、森本を見下ろして言う。

「モリモト。この俺を、正面切って敵に回すとはいい度胸だ。返答次第ではこの場で斬り捨てる。心して答えよ。――エテルナの巫女《みこ》に何用だった」

「中将様。我々の間には誤解がございます。私は巫女《みこ》様をお助けしたまでのこと。――槇田桜子は、私の姪《めい》でございます。兄の娘です」

突然の言葉に、桜子は思わずシュルムトを見上げて首を横に振った。そんな話は初耳だ。

『ガシュアード王国建国記』の作者は、桜子の実の父親かもしれない人である。――つまり今の言葉を信じれば、森本と森久太郎が兄弟ということだ。しかし、どちらの家族構成も知らない以上、真偽の判断などしようがない。

「身内であるゆえ危害を加えぬ——とは異なことを聞く。俺の敵が何者か、知らぬお前ではあるまい」

シュルムトは鼻で笑った。彼の政敵は、伯父のアガト公だ。『姪《めい》なので危害は加えない』など、アガト公の陣営に与《くみ》する森本が口にしても説得力はない。

「巫女《みこ》様が不審な男につけ狙われていたところを、我々が保護いたしました」

しかし森本は、あの桜子に持ちかけたホラ話を通すつもりらしい。

——空気が張り詰める。

ハラハラしながら、桜子は二人を交互に見ていた。

退《ひ》いたのはシュルムトの方だ。

「今日のところはいったん退《ひ》く。だが、次はないぞ。俺は慈悲深い巫女《みこ》とは違う」

そう言って、シュルムトは馬のまま本殿を出た。

桜子は馬の揺れに耐えるために、必死にシュルムトの外套《がいとう》にしがみつく。

「お、下りていい？　こんな大きな馬、乗ったことない。本気で怖い！」

外に出る。日は傾き、白亜の神殿は夕焼けに染まっていた。

「そのままで耐えろ。——落ち着いて聞け。お前が思っているよりも、事は大きく、かつ深刻だ」

「どういうこと？」

「被害を最小限に抑えねばならん。——お前は何者にも穢《けが》されぬ常乙女《とこおとめ》。気高《けだか》き月の女神だ」

シュルムトの言葉の意味がわかったのは、神殿の脇を抜けた時だった。

「あ……！」

眼下に広がる光景に、桜子は驚きの声を上げた。

グレン神殿の周囲が、明るい。

ぐるりと丘の中腹辺りを囲んでいるのは、青鷹団《あおたかだん》の面々だ。青鷹団は、ウルラドが団長を務める青年団で、有志の貴族の子弟から成っている。

都護軍《とごぐん》の兵も集まっていた。南区の自衛組織、白バラ自警団の面々も揃っているようだ。

この明るさの原因は、彼らが持っている松明《たいまつ》だった。

そして、白バラ自警団の頭目であるガルドが壺《つぼ》を抱えている。雰囲気から察するに、中身は放火グッズの定番、油に違いない。――燃やす気だ。

ボディガードのラシュアの姿も見える。こちらはたぶん、殺《や》る気だろう。

エテルナ神殿の神官長ブラキオは、階段の真ん中に立っていた。これは間違いなく――森本と刺し違える覚悟を決めている。

（もしかして、とんでもないことになってる⁉）

「平静を装《よそお》え。――やれるな？」

春のはじめの時期である。日の傾き具合から察するに、桜子が意識を失ってから今まで、せいぜい二、三時間しか経っていないはずだ。

ガシュアード王国には電気はない。電話もメールも当然なく、連絡手段は限られている。それが、この短時間にこれだけの人数を揃え、場所を突き止めた上で囲み、放火の準備までして桜子を救出しにきたのだ。

民間人一人の誘拐程度で、動く規模ではない。

ここまで事が大きくなったのは、桜子が――『南区のマキタ』で『王族と婚約する女』だからだ。

今、桜子が動揺し、馬の上で顔を強張《こわば》らせていれば、集まった面々はどう思うか。

――モリモトに危害を加えられた。そう思うだろう。

桜子の名誉にも、シュルムトの名誉にも傷がつく。それればかりか、このまま流血沙汰《りゅうけつざた》になりかねない。

毅然《きぜん》とした態度を貫くことで、守られるものがある。

桜子は、スッと背筋を伸ばした。

「了解。……あんな陰険ジジィの好きにさせてたまるもんですか」

「その意気だ」

先頭に立っていたウルラドが駆け寄ってきた。ウェーブのかかった赤い髪が、夕日を受けて燃え立つように輝いている。

「シュルムト。マキタ様は、ご無事なのだな？」

「大事ない。案ずるな、と皆に伝えろ。俺はこのままサクラを南区に連れて帰る。後は任せたぞ」

「承知。……マキタ様を頼む」

ウルラドが青鷹団《あおたかだん》のいる方へ戻っていき、続いて壺《つぼ》を抱えたガルドが近づいてくる。

毅然《きぜん》とした態度で――と思っていたはずなのに、見慣れた顔を見ると心が揺れてしまう。

「嬢ちゃん！　無事か！」

無事です。大丈夫。そう伝えようとしたが、声と一緒に涙が零《こぼ》れそうになった。

代わりにシュルムトが、ガルドに答える。

「サクラは無事だ。明朝まで自警団は青鷹団《あおたかだん》の指揮下に入れ。南区の区民らには俺が無事を伝えておく」

「は。中将様。——嬢ちゃ……マキタ様をお願い致します」

ガルドは、任せておけ、とばかりに桜子に胸を叩いて見せてから、戻っていった。

シュルムトは都護軍《とごぐん》の兵に指示を伝えた後、手綱《たづな》を握り直した。

「戻るぞ、サクラ。事務所に着くまで、気を強く持て」

桜子は唇を噛んだ。取り乱さずに、この南東区から南区に戻るだけでいい。それだけだ。できる。

必死に自分に言い聞かせた。

シュルムトが、馬の向きを変える。

大きく身体が揺れた。「ひっ」と変な声が出てしまう。

これは失敗だ。月の女神エテルナには相応《ふさわ》しくない。元演劇部にあるまじきクオリティだった。

幸いにして、今のリアクションは人目に触れていなかった。——仕切り直しだ。

神殿の傾斜が急な階段とは別に、スロープになった道がある。ゆっくりと下っていく間に、桜子は何度も深呼吸を繰り返した。

「声出したら泣いちゃいそう」

「なにも言わなくていい。微笑んでいろ。舞踏会の時を思い出せ」

南東区の中央通りには、人が集まっている。『モリモト・スーパーマーケット』の客だけではない。神殿での騒ぎを遠巻きに見ていた人々が、固唾《かたず》を呑んでこちらを見ていた。

——なにが起きたのか。

それを桜子の様子から、推測しようとしている。

桜子は一度思い切り深呼吸をしてから、口の両端を軽く持ち上げた。大國デパートの接客研修で、評価Aを獲得した接客スマイルだ。

ひたすら『好感度の高い微笑み顔』を作ることだけに集中し、桜子はゆっくりと南東区の中央通りを通り過ぎた。

馬は南東区を抜け、南区へと向かって並足で進む。

『南区ににこにこ商店街』と書かれた大きな看板が見えてきた。

「マキタ様だ！」

「お戻りになったぞ！」

南区の中央通りには街灯がある。ほのかな灯《あか》りで、夕闇の中でも集まった人たちの顔が見えた。

商店街スタッフたちが不安げな表情でこちらを見ている。

「巫女《みこ》は無事だ。案ずるな」

シュルムトが、集まった区民たちに言う。安堵《あんど》の声があちこちで上がった。

事務所の前に馬が止まる。

エテルナ神殿の元女官長だったシイラが、扉の前で待機していた。

馬から降りたシュルムトが、こちらに腕を伸ばす。その手を取ろうとして、桜子は自分の手が震えていることに気づいた。

笑顔を繕《つくろ》う余裕もなく、桜子はシュルムトに抱えられ、事務所の奥にある私室に運ばれる。

――恐怖が、今更のように襲ってきた。

ベッドに下ろされ、桜子は毛布を手繰《たぐ》り寄せて顔を埋《うず》める。歯の根が合わない。

「よく耐えた。もう大丈夫だ」

シュルムトの声がとても優しかったせいで、堪《こら》えていた涙が堰《せき》を切ったように溢《あふ》れてしまう。

「こ……怖かった……！」

毛布に顔を埋《うず》めたまま、声を殺して泣いた。

嗚咽《おえつ》に震える肩を、シュルムトの手が撫《な》でる。

コンコン、と扉がノックされた。シュルムトが代わりに応対しに行く。シイラがワインを運んできたようだ。

涙を拭き、注がれたワインを飲むと、やっと深い呼吸ができるようになった。

「……ごめん。もう大丈夫」

「事務所で話をしてくる。そのまま休むといい」

シュルムトは、ポンと桜子の肩を叩いてから部屋を出ていった。

きっと彼ならば、事の経緯をスタッフたちに上手く説明するだろう。

――もう大丈夫だ。

ベッドの上で膝を抱えていると、壁ごしに事務所の会話が聞こえてきた。内容までは聞き取れないが、声の主はわかった。

（ミホ……来てるんだ）

ミホと商店街で鉢合わせした時、異変に気づいて通報してくれたのだろうか。

泣き顔のままでは、礼を伝えにも行けない。そもそも、会わない、と約束している。きっと礼はシュルムトが伝えるのだろう。――桜子の『婚約者候補』の立場で。

（疲れたな……）

あれこれと気を回すのが、億劫《おっくう》になってくる。

瞼《まぶた》が重い。桜子は、ベッドの上で横になった。

トントン。

扉がノックされる。

その瞬間、桜子はガバッと身体を起こし、ドアに向かって、「ミホ……？」と尋ねていた。

半ばうたた寝をしていたせいだろうか。一瞬の混乱だった。

扉が開く。そこに立っている人の姿を見て、桜子は猛烈に後悔した。

（サイアクだ……）

利害だけの関係とはいえ『婚約者候補』と『元恋人未満』を間違うなど、ひどいマナー違反だ。

「生憎《あいにく》だったな」

ミホのはずがない。この部屋に入ることができるのは、婚約者候補のシュルムトだけだ。

「……ごめん。今の間違い。忘れて」

「もう帰った。あのブドウ園の倅《せがれ》が、最初に異変に気づいた。礼は厚く言っておいたぞ」

「ありがとう。……騒ぎは収まったの？」

「あぁ。先ほどモリモトから都護軍《とごぐん》への正式な謝罪があった。グレン神殿の包囲も解いている。――しかし、南区の連絡網は軍隊並みだな。おかげで都護軍《とごぐん》も迅速な対応が可能だった。偶然も重なったが、今回はお前たちの日頃の備えに救われたぞ」

去年の祭りで、桜子たちは森本を挑発するような内容の芝居を上演している。祭りで南区を訪れた一般客に迷惑をかけないために連絡網を張り巡らせ、迅速な通報ができるよう訓練してきた。今回の事態を想定していたわけではなかったが、思いがけないところで役に立ったようだ。

「エマちゃんは？　どうしてるの？」

「兄と共に逐電《ちくでん》したが、無事だ。自分が間諜《かんちょう》であったとガルドらに告白の上で消えている。――探すか？」

「ううん。いい。無事ならいいの」

今会って話したところで、なにも解決しない。エマが王都を離れるという決断をしたならば、桜子は黙って送り出すだけだ。

「皆それぞれに働いた。明日、労《ねぎら》ってやれ。決して己《おのれ》の罪だと謝るような真似《まね》はするなよ？　いつもの『すみません』『ごめんなさい』は腹に収めておけ」

「……難しいね、それ」

「自警団もラシュアも、お前を危険に晒《さら》したことを各々自らの失態だと思っている。お前が労《ねぎら》ってやることで、連中も今回の失態を反省に替えるだろう」

桜子が彼らに、ごめんなさい、と言えば言うだけ、彼らも己《おのれ》の罪の方がよほど重いとばかりに言葉を重ねることになる。

自分の取る態度、言葉一つで、既に起きた出来事の意味が大きく変わるのだ。

シュルムトの助言に納得し、頷いた。

「……ありがとう」

「その調子だ。明日もそれで通すといい」

シュルムトは拳《こぶし》を桜子の目の高さに上げた。

桜子も同じように拳《こぶし》を上げ、コツンとぶつける。

今日はなにからなにまで助けられてばかりだ。帰っていくシュルムトに、最後にもう一度「ありがとう」と伝えた。その後は、身体の疲れに耐え切れず、朝まで泥のように眠った。


「モリモトはしくじった」

翌朝、事務所にやってきたマサオは事の顛末《てんまつ》をそう評した。

建国の英雄の一人、クロスの子孫であるマサオは、引きこもり歴のある伯爵だ。

公職には就《つ》いていないため、平日の午前中でも平気で事務所を訪ねてくる。そして夕食が終わる頃までごく自然に居座るのが常だ。

「サクラ。君はまったくもって運がいい。良心の呵責《かしゃく》に耐えかねた内通者だけでなく、君に未だ特別な感情を持つ元恋人に発見されるなど、なかなか起きる偶然ではない」

「一言余計です、マサオさん。それにミホとは恋人同士になったことはありません」

桜子は仏頂面で反論した。

事務所には、今は桜子と瀬尾、マサオの三人しかいない。人の耳を気にする必要があったわけではないが、発言にデリカシーがなさすぎる。

「だが、君もそう動揺してもらっては困る。醜聞《しゅうぶん》は避けてくれ」

「わかってますよ。そのくらい」

「君自身の気持ちのあり方を説《と》いているのではない。醜聞《しゅうぶん》を語るのは常に他者だということを忘れてはいかん。ついでに人の心というものも学ぶといい。あれで存外、純情な男だ。大事にしてやれ」

余計な情報がくっついてはいるものの、マサオの言っていることは概《おお》ね正論だ。

「……気をつけます」

桜子は腹立ちを収め、素直に反省の弁を述べた。

「それにしてもモリモトらしくない、実に拙速《せっそく》な作戦だったな」

アトリエスペースで筆を動かしていた瀬尾が、緊張感のない声で「だよな」とマサオに同意を示す。最近の瀬尾は、シュルムトから絵の依頼を受けたそうで、キャンバスに向かう時間が増えた。

たしかに、森本らしからぬ杜撰《ずさん》な作戦だった、と桜子も思う。

「まぁ、でも、人の話全然聞かない感じは相変わらずでしたよ。前略、用件、恫喝《どうかつ》っていう流れで。っていうか、マサオさん、森本さんと面識あったんですか？」

「ある。グレン神殿にニホン人が現れたと知ってすぐに訪ねた」

桜子の存在を知ってエテルナ神殿に直行したマサオだ。同じテンションでグレン神殿を訪ねていく姿は容易《たやす》く想像できた。

「森本さんにも数式とか聞いたんですか？　いい大学出てそうですよね。あの人」

「お互いに失望しただけだった。モリモトは私を『ニホンから来たニホン人が、ニホンに帰ることができなかった証《あかし》』だと認識した。私もニホン人に対するある種の憧憬《どうけい》を打ち砕かれた。一度会ったきりだが、二度とは会わんだろうな」

「……そうだったんですか」

その失望は理解できるような気がした。桜子も、マサオを見、建国の英雄である初代クロスが日本人だとわかった時、失望せざるを得なかった。クロスは王国に来て、王国で子孫を残し、王国で死んでいる。クロスの子孫であるマサオの存在自体が、まさしく『ニホンから来たニホン人が、ニホンに帰ることができなかった証《あかし》』だ。

「それにしても、モリモトが君の叔父だったとはな」

そう言って、マサオは腕を組んだ。

「初耳でした。……っていうか、私は自分の父親が誰なのか、正確には知らないんです。『兄の娘』って森本さんは言ってましたけど、本当か嘘かわかりません。父親サイドの親戚なんて、まったく把握してませんし、王都《ここ》にいる限り確認もできないです」

「……モリ・キュータローというのは、筆名なのだそうだな」

マサオの口から飛び出した固有名詞に、桜子は驚いた。

「え？　な、なんでマサオさん、森久太郎のこと知ってるんですか……？」

——知らないはずだ。

この世界が『ガシュアード王国建国記』の世界に酷似《こくじ》していて、彼らの先祖である英雄の物語が、日本でファンタジー小説として刊行されている、などというとんでもない話を、彼らに伝えてはいない——はずだ。

マサオがアトリエスペースに目をやる。瀬尾はいつものようにキャンバスに向かっていた。

「『建国記』のこと、瀬尾くんが話したの!?」

「この人たちにいつまでも隠し事なんてできませんって。無理です。昨日の夜の段階で、尋問されて洗い浚《ざら》いカミングアウト済みです」

あっさりと瀬尾は告白した。

「洗い浚《ざら》いって……それ、ほんとに全部？」

「シュルムトさんの尋問ですよ？」

瀬尾が、シュルムト相手に隠し事ができるとは思えない。本当にすべてを話した、と見ていいだろう。

「そっか。……じゃあ、もう情報をシェアしていいってことだね」

「『ガシュアード王国建国記』って話を俺が読んでたことも、槇田さんが森先生の実の娘かもしれないってことも、いつかこの王国に『コヴァド二世』が誕生するかもってことも言ってますから、安心してなんでも話していいですよ」

瀬尾の口調がやや自棄《やけ》になっている。昨夜の尋問が、相当厳しかったことが窺《うかが》えた。

マサオが話を再開する。

「仮にキュータローが、サクラの父親で、モリモトの兄だったとしよう。すると、キュータローの『娘』と『弟』が、今この王都にいることになる。そのようなことが偶然起こり得ると思うか？」

「……いや、でも――偶然じゃないなら、なんなんですか？」

マサオは桜子の疑問に直接答えず、瀬尾に尋ねた。

「イチゾーは、キュータローに絵を頼まれていたそうだな」

「そうだよ。挿絵《さしえ》を是非にって、直々《じきじき》に頼まれたんだ」

瀬尾は絵を描く作業を諦めたのか、筆を置いてマサオの問いに答えた。

「ニホンでは、血縁を遡《さかのぼ》って把握できるのが二、三代程度だと聞いている。イチゾー。君にはキュータローとの血縁をはっきり否定できる材料がないのだったな？」

「あぁ。昨日も言ったけど、仕事で知りあった人が偶然身内でした、なんてフツーに考えてあり得ないって。けど、赤の他人だって証拠の出しようもないから、血縁が絶対にない、とは言い切れない」

「キュータローの方は血縁を把握していて、イチゾーに絵を依頼した可能性も考えられる」

「だから違うって。あの人はコンペに出した俺の絵を見て……いや……わかんねぇな。あの時は、ペンネーム使ってたけど……」

不機嫌に答えていた瀬尾は、途中で黙ってしまった。

「瀬尾くん、そのペンネームって……どんなの？」

桜子は、恐る恐る瀬尾に尋ねた。

「『セオ』です。片仮名で。それに森先生は審査員ですから、調べれば本名もわかったと思います……」

そう答えた後、瀬尾は「あれ、コネだったのかよ」と言って頭を抱えた。

「そのキュータローだが……そもそも――本当に死んだのか？」

そう言ってマサオは、桜子を見、瀬尾を見、また桜子の方を見た。

「死んで……るんだよね？　瀬尾くん」

「え……死んで……ますよ。新聞にも載ってましたし――いや、なんか、曖昧《あいまい》っつーか、え？　でも、死んだって、編集さんがそう言ってましたよ。実際、挿絵《さしえ》の話も流れてます」

自分の心臓の音が、はっきりと聞こえる。

更にマサオの質問は続いた。

「モリモトがこちらに来たのはいつだ？」

「えぇと……七年、になるはずです」

森本本人の言葉や、モリモトスーパー成立の時期からいっても、七年で間違いないはずだ。

「キュータローが『死んだ』のは？」

瀬尾は記憶を辿《たど》るように指を折って――

「……七年……七年前だ」

と自分の言葉を恐れるように、小さな声で言った。

これは一体、なんの話なのだろう――

目眩《めまい》に似たものを感じて、桜子は額《ひたい》を押さえた。

「シュルムトは、キュータローが森本と共に王国に来ているのではないかと推測している。私も同じ意見だ」

「久太郎さんが……生きて、こっちにいるかも……ってことですか？」

桜子は顔を上げ、マサオのハーフ顔を見た。

「『モリモト・スーパーマーケット』という名称は、我々の耳には馴染《なじ》まない外来語だ。だが、ニホンジンであれば即座に、それが『スーパー』というものだと理解できる。店の名を聞いて、君たちも驚いたのだろう？」

「はい。……ものすごく驚きました」

ファンタジー世界に突然現れた『スーパーマーケット』。

ガルドに王都を案内され、店の前に立った時の衝撃を思い出す。

「君はモリモトが、なんの意味もなく、この国の人間には理解できない名称の店名をつけるような男だと思うか？　思わんだろう。ならば答えは一つではないか。モリモトは少なくとも、君たちがエテルナ神殿に現れるより以前の段階で、この王都に『自分以外のニホン人がいる』ことを認識していたということだ。モリモト、というのは家名だそうだが、それを掲げることにも意味はあったのだろう」

「森本さんと兄弟なら、久太郎さんの本名も『森本』ですよね。……だから『モリモト・スーパーマーケット』――」

「……話は変わるが、君にとっての『英雄』は誰だ。サクラ」

突然の問いに戸惑いつつも、桜子はごく真面目に回答した。

「えぇと……そうですね、三国志に出てくる英雄とか、あとは……源義経《みなもとのよしつね》とか、かな」

「イチゾーはどうだ？」

マサオが瀬尾を見る。

「織田信長《おだのぶなが》とか……坂本龍馬《さかもとりょうま》とか……？」

瀬尾も真面目に回答した。

「サクラはこちらの字を書くのに不自由があるが、もし仮に、イチゾーもサクラも、読み書きがあと数年で達者になったとしよう。そして、商店街の仕事に追われることもない暮らしをしていたとして……少しはこう思わないだろうか。『この王都の人たちにも、ニホンの英雄の話を伝えたい』と。同じことを逆の立場で考える者がいても、不思議ではない」

桜子と瀬尾は、顔を見合わせた。

今、南区が誇る白バラ歌劇団が演芸場で上演しているのは、桜子が原案を伝えた『かぐや姫』をアレンジした歌劇だ。

その時、桜子は思っていた。

——王都の人たちに、日本の物語を紹介したい——と。

マサオの言う逆の立場とは、つまりこういうことだ。

——日本の人たちに、ガシュアード王国の英雄の物語を紹介したい。そう思った人間がいたのではないか——と。

「それ、もしかして、マサオさん……『建国記』を書いたのが王都の人だって言ってます？」

「あぁ。そうだ。イチゾーから聞いた限り『ガシュアード王国建国記』という物語は、実によくユリオ王の伝説を伝えている。記述の詳細さから察するに、書き手は知識人だろう。口伝《くでん》ではなく文献なりで歴史に触れ得る環境にあったはずだ。我らはキュータローが王都で生まれた、然《しか》るべき教育水準に達した人物であると推測している」

つまり、『森久太郎は王都で生まれた人間』で『自国の英雄譚《えいゆうたん》を日本で書いていた』ということか。

（そんなこと、あり得る？）

桜子は、腕を組んで首を傾げた。

王都で暮らしてはいるが、桜子たちは常に日本語で会話をしている。だが、桜子の話す言葉は、王国の人たちの耳には王国語として届いているはずだ。逆に王国の人たちが喋《しゃべ》っている王国語は、桜子の耳に日本語として届く。森本も桜子たち同様、王国の人たちと難なくコミュニケーションをとっている。

だが——文章に関しては、その限りではない。

なんとなく単語の意味をとらえることはできても、読み書きは別の話だ。瀬尾ができるのは、経理界隈《かいわい》の読み書きだけ。桜子は読むのがやっとで、書く方はさっぱり、というレベルだ。

——森久太郎は、作家だ。

単純な読み書きができるというレベルではない。日本語で百巻を超すファンタジー小説を発表しているのだ。不可能だとは言い切れないが、超人的な話ではある。

疑問はそれだけではない。

あの『建国記』の冒頭だけは桜子も覚えている。老いたコヴァド二世が、孫たちに自国の英雄のことを語るのだ。

初代がユリオ王。長子が継承する場合のみ、名は継がれる。つまり、建国から現国王ユリオ三世までは長子相続が続いているということだ。

この国には、まだコヴァドという名を持つ王は誕生していない。

「……今の話が本当なら、久太郎さんは未来の王都から日本に飛んだことになっちゃいますよ。『建国記』はコヴァド二世が、自分の国の歴史を孫に語るっていう出だしだったんですし」

「その件も確認する必要があるな。君たちは『建国記』がこの国の未来をも伝えていると考えているようだが、それは断言できないと我らは思っている。コヴァド、という名はシュルムトの父親が成人した際に儀を行い授かった名だ」

コヴァド、という名さえ知っていれば、架空のコヴァド二世は描ける、とマサオは言っている。

それはたしかにその通りなので、桜子は頷いた。

「……そっか。そうなると、シュルムトのお父さんが成人した頃より後の時代……ってことしかわからないことになりますね」

「そういうことだ。コヴァド公の年齢から逆算して、二十年ほど前だな。この名を偶然生み出せるとは思えん。となれば、キュータローは今から二十年前以降に、王都に存在していたと考えられる。しかし、コヴァド二世をその目で見たかどうかに関しては確証がない。コヴァドという名さえ知っていれば、想像で書ける話だ。コヴァド王の名は『シュルムト』だそうだが、その名自体は神話に由来している。今後、彼の子に、王宮育ちではなく、異民族を征する武人の『シュルムト』は存在し得る。我々の知るシュルムト本人を指しているとは断定できん」

異民族の侵攻などというイベントが起きるのであれば、その『シュルムト』という名のコヴァド一世が、桜子の知るシュルムトではないに越したことはない。

希望的観測も織り交ぜつつ、桜子もそう思っていた。

——マサオが現れるまでは。

「マサオさん。私も、シュルムトがコヴァド王になるとは限らないと思っていました。でも、コヴァド王は『ユリオ王の再来』と呼ばれていたそうです。ウルラドがいて、マサオさんまで並んでたら、それらしく見えません？　それに、私たちみたいな日本人まで身近にいるんですよ？」

建国の英雄の傍《かたわ》らにあった紅蓮《ぐれん》の剣士ソワルと黒髪の軍師クロス。その子孫であるウルラドとマサオが、シュルムトと並んでいるのを目の当《ま》たりにしてから桜子の考えは変わった。そして、他でもない自分たちの存在が、更に確信を深めさせた。ユリオ王は『黒髪の軍師』——東方から来た、神職の、黒髪の異能の男を傍に置いていたのだ。

だから桜子は思った。

これは、コヴァド王の英雄譚《えいゆうたん》なのだ——と。

だが、マサオは桜子の言葉を肯定しなかった。

「ソワルにせよクロスにせよ、今も血は続いている。我らの何代か後に、もっとそれらしい組み合わせが出てくるかもしれん。王を援《たす》ける黒髪のニホン人についても、モリモトやキューータロ一の例がある以上、今後も王都にやってくる可能性は十分に考えられる。我らの知るシュルムトを、キューータロ一が記した『コヴァド王』と断定するには至らない」

そうと言われると、俄《にわか》に自信はなくなってくる。

「それは……そうですね。たしかに、決め手に欠けます」

桜子はマサオの意見を認めた。

「——ちょっと待ってください。ほんとに森先生が王国の人なら、日本で『建国記』を書いて、森本さんと一緒にこっちに来て……って……往復してませんか？」

瀬尾は情報を確認するように眉間《みけん》にシワを寄せて、桜子を見た。

「ほんとだ。……してる。往復しちゃってる」

もし、このマサオ説が事実であったならば、このトリップの『成功例』が存在したということだ。

――帰ることができる。

往復した人間がいるならば、自分たちが日本へ帰ることも不可能ではないはずだ。

目の前に、一筋の光明が見えた。

ならば誘導灯に導かれるままに、進む他ない。

この道は日本に続いてる――と信じて。


森本による桜子誘拐未遂事件から、半月余りが過ぎ――

四月二日。ユリオ王の即位三十五周年を祝う式典の当日となった。

桜子にとっては、日本帰還のかかった『婚約の儀』に臨《のぞ》む日である。

夜明け前に王宮から迎えの馬車がやってきた。『婚約の儀』は、式典の前の早朝に行うそうだ。

ラシュアと共に乗り込むと、馬車は静かに走り出した。

にこにこ商店街では、この即位三十五周年の式典に合わせて様々な企画商品を展開することになっている。事前の告知にも熱を入れ、準備も万端整えた。多くの客入りを見込んでいるが、この時間の中央通りには人気《ひとけ》はない。

静かな南区を抜け、中央区のスロープを上っていく。次第に辺りは明るくなっていった。

中央区の丘の頂上に――塔を備えた王宮がある。

馬車は王宮の門をくぐり、止まった。

先に下りたラシュアの手を取って、桜子は馬車を下りる。

「どうぞ、こちらへ」

出迎えたのは、一人の貴族女性だ。年齢は五十前後に見える。

先を歩く女性の後を追って、二つ目の門をくぐる。最初の門よりも小ぶりで、馬車では通ることができないサイズだ。ここでラシュアとは別れた。

目の前の小さな門を歩いてくぐると、広い美しい庭が広がる。

その中央にあるのが王宮だ。石造りの、瑠璃《るり》色の瓦《かわら》が美しい建物だった。

衛兵の守る大きな扉が、ギギ、と開く。

シュルムトが言うには、『婚約の儀』は事前情報ゼロで臨《のぞ》むのが慣例だそうだ。

これからなにをするのかもわかっていない。前日の夜から緊張は続いていたが、王宮の内部に入ると、いよいよ不安になってきた。

（……誰もいない）

吹き抜けになった大きなホールは、静まり返っている。

あちこちをきょろきょろと見回しながら、案内されるまま階段を上っていく。

壁に大きな肖像画がかかっている。女性が気づいて「ユリオ一世陛下でございます」と言った。

ガシュアード王国を築いた、建国の英雄。

『ガシュアード王国建国記』の主人公だ。

――いや。森久太郎が、この英雄の物語を日本人に伝えようとして書いたものが、『ガシュアード王国建国記』なのか。卵が先かニワトリが先か。ややこしい話である。

肖像画の英雄は、威厳ある堂々とした佇《たたず》まいだ。しかし、王の肖像画としては没個性的で、あまり記憶には留《とど》まらない。

ただ、瞳が青空の色をしていて、それはシュルムトと同じだ――と思った。

「お召替《めしか》えをしていただきます」

二階の一室に通される。

この部屋に入るまでの間、前を歩く女性と衛兵の他は誰にも会っていない。

桜子の支度も、この女性が一人で行うようだ。

用意されていた正装に着替える。神殿の神官や女官が着ているのと同じ、古代ローマ人が着ていそうな装束《しょうぞく》だ。

着替えを終えたタイミングで、桜子は女性に声をかけた。

「あの……今日の段取りとか、聞いても大丈夫ですか？」

「これより『婚約の儀』に臨《のぞ》んでいただきます。成らねばお帰りいただくことになりましょう」

答えは簡単だった。なにも知らされず儀に参加し、塔に拒《こば》まれれば黙って去る――ということらしい。

トントン。

ノックに応じて女性が扉を確認しに行き、すぐに開けた。

優雅な礼をしたのは、四十代くらいの貴族の男性だ。正装で、赤い布に金色の刺繍《ししゅう》が施《ほどこ》された襷《たすき》をしている。高位の人に違いない。王都ではごく珍しい、燃えるような赤い髪の持ち主だ。

ビジュアルだけで察しがつく。ウルラドの父親――この国の宰相に違いない。

「お初にお目にかかります。マキタ様。宰相のジュウドと申します」

想像した通り、男性はそう名乗った。

「はじめまして。いつもご子息にはお世話になってます」

あの絶世の美青年を生んだ父親だけあって、眩《まばゆ》いほどのナイスミドルだ。

そこに、シュルムトが入ってきた。ローマ皇帝の彫像が動いているようにしか見えない。

「待たせたな。サクラ。準備はできているか？」

シュルムトの襷《たすき》は金の糸で織られており、王族らしいセレブ感が漂《ただよ》っている。

「今終わったとこ。……今日はよろしくお願いします」

桜子はシュルムトに頭を下げた。

ここでやっと、ジュウドによって今日の説明がなされた。

「『婚約の儀』に臨《のぞ》まれるお方には、なにもお知らせをしないものと決まっております。関わる者は最小限。宰相の他は名乗ることが許されず、一名の侍女の他は姿を見せることもできぬ決まりです。ご理解ください。――これから『儀の間』に向かっていただきます」

なるほど。王宮に人がいないのも、女性が名乗らないのも、ルールのうちだったようだ。

ジュウドが先に歩き出し、桜子の手を取ったシュルムトも続く。

――いよいよだ。

ここで失敗すれば、桜子が日本へ帰る道は閉ざされる。

日本に帰るためには、なんとしても『婚約の儀』をクリアしなければならない。

人気《ひとけ》のない王宮の廊下を歩いていく。

二階の吹き抜けを半周した後、見えてきたのは細い渡り廊下だ。

王宮と別の建物を繋《つな》いでいるようで、途中の窓の下には中庭が見えた。

「この渡り廊下は、塔に繋《つな》がっている。『立太子の儀』と『即位の儀』は塔の上部で行われる。今から行う『婚約の儀』や『成人の儀』は、塔の下部にある『儀の間』で行う」

シュルムトが手で示した先には、深い紫色のカーテンが下ろされている。

渡り廊下を半分ほど進むと、カーテンがサッと左右に開いた。

「……わ！」

辺りに人の姿は見えない。

――まるで、自動ドアだ。

更に驚きは続いた。人感センサーが反応したかのように、扉のある壁が、間接照明めいた柔らかさで光ったのだ。

二十一世紀の日本で生きてきた桜子にとって、自動ドアも、人感センサーも、間接照明も、それ自体は珍しいものではない。

だが、ここは電気のないガシュアード王国だ。

（なにこれ）

どうやって動いているのか。この向こうになにがあるのか――

今の桜子にわかるのは、この先に『得体の知れないなにか』があるということだけだ。

足が動かない。桜子の身体が、本能的にこの先にあるものを拒《こば》んでいた。

「考えるな。危害を加えてくることはない」

前に進もうとするシュルムトの腕と、恐怖に強張《こわば》った桜子の腕とが引き合う。

「こ、怖い。――無理。ほんと怖い！」

「我らがまだ『彼ら』ほどの知恵を持っていないというだけだ。――お前でも、怖いのか？」

「私でもって……どういう意味？」

「お前のいたニホンは、この王国よりも文明の段階が進んでいるはずだ。そのお前の目にも、『魔法』に見えるのか？」

桜子は、シュルムトの質問の意図を理解した。

「だって、どこで発電してるの？　電線もないし、発電施設なんて見当たらない。なのに、自動でカーテンが開いたり、壁が光ってるなんて……あり得ない」

口にすれば、ますます恐怖は募《つの》った。

――あり得ない。

「ジュウド殿。時間をくれ」

「は。では、こちらでお待ちしております」

シュルムトはジュウドをその場に残し、桜子の手を取って渡り廊下を引き返した。

吹き抜けの廊下まで戻る。いっそこのまま、南区まで逃げてしまいたい。

「しっかりしろ、サクラ。他に道はないと、覚悟を決めたはずだ。お前が拒《こば》めば、儀は成らん」

そうだ。——この向こうに日本へ帰る道があるはずだ。そう信じてここまで来た。逃げている場合ではない。

だが、あのカーテンを見ただけで足が竦《すく》む。

「でも……あれ、なんなの？　怖い」

「お前は『ニホンと王国を行き来する方法』は知らない。いかにこの国より進んだ文明を持っていても、ニホンの文明にそうした技術はない。そうだな？」

「……うん。そんな技術、絶対にない」

「これから関わるのは、『ニホンと王国を行き来する方法』を知っている連中だ。——これは仮説に過ぎんが、当たっていればそういうことになる。臆《おく》するな」

帰る。日本に。実家に。——母に、会いたい。

桜子はゆっくりと呼吸を三度繰り返し、改めてシュルムトを見上げた。

「……以前《まえ》にここに来た女の子たちは、平気だった？」

「『魔法』だと思っている。人知を超えたものに名をつけることで、人は安堵《あんど》を得られるものだ」

いっそ、『魔法』と理解した方が腑《ふ》に落ちるのかもしれない。

しかし桜子は、この世に『魔法』がないことを知っているし、自動ドアも照明も、電気がなければ使えないことを知っている。

それと同時に、日本からガシュアード王国に突然トリップする、という理屈では説明のつかない現象が複数件起きていることも知っていた。

つまり、この現象を無理やり理解するには、得体の知れないなにか、ではなく『現代日本よりも進んだ文明』が存在している、と考えるしかない。

これは『魔法』ではなく、『ＳＦ』だ。

「――行けるな？」

シュルムトの問いに、桜子は頷いた。

もしも、この扉の向こうの塔に、その『現代日本よりも進んだ文明』があるのだとしたら――きっとそこにしか、日本へ続く道は存在しない。

「行く」

シュルムトが、拳《こぶし》を胸の高さに上げた。

桜子も拳《こぶし》を握り、シュルムトの拳をコツンと合わせて、しっかりと頷く。

渡り廊下を、今度は足を止めずに進んだ。紫のカーテンは開いたままで、桜子はその先へ進み、扉の前にいるジュウドに会釈《えしゃく》をしてから足を止める。

シュッ――

なんの変哲《へんてつ》もない木製の扉が、音を立てて自動的に開いた。

怯《ひる》みそうになる心を、なんとか奮《ふる》い立たせる。

（ここまで来て、手ぶらで帰れるもんですか！）

この『婚約の儀』には、桜子の人生がかかっているのだ。

清水《きよみず》の舞台から飛び降りる覚悟で、一歩を踏み出す。

――『儀の間』は、円筒型の空間になっていた。

内部の空気は、冷房のきいた部屋のように冷たい。

形は違うが、エテルナ神殿の祭殿に雰囲気が似ていた。出口のない部屋だ。

エテルナ神殿の祭殿には一つしかなかった台座が、ここには七つある。それらがポゥと光った。

「……神殿の、中みたい」

「似たようなものだ」

「……ここ……神殿なの？」

「あぁ。キュリオ神殿――太陽神を祀《まつ》る神殿だ。我ら王族は、古くはキュリオ神殿の神官だったと伝えられている」

七つの台座に囲まれた中央に、少し高くなった場所がある。

王都を模したような配置だ、と桜子は思った。

中央に、石柱がある。形が他の七つとは違って、譜面台のように多少角度がついていた。物を置く場所ではないようだ。まだなにも書かれていない墓石に似ている。

「この石盤に、名を書く」

シュルムトが示したのは、中央の墓石のようなものだ。見たところ、ただの磨かれた石でしかない。筆記具も見当たらなかった。

「石盤に……彫るの？」

「指で触れるだけでいい。受け入れるか否かは『塔の連中』が判断する」

二人並んで石盤の前に立つ。

まずシュルムトが、石盤の上に指を滑らせた。

『シュルムト・ヴァン・コヴァド・クラスフト』

指でなぞったところが、緑色に光り——そして呑まれていく。まるきりタッチパネルだ。

シュルムトが脇に移動し、桜子も石盤の正面に立つ。

緊張と恐怖で、呼吸がひどく浅い。

指が震えそうになり、右の手首を左手で支えた。

『槇田桜子』

字は歪《いびつ》になったが、桜子の名も緑色に光って——消えた。

「これで終わりだ。成った」

「……これだけ？」

「戻るぞ」

「ちょっと待って」

シュルムトに促《うなが》されたが、桜子は石盤の前から動かなかった。

このまま帰っては、なにもわからないままだ。少しでも情報がほしい。

「長居をする場所ではない。塔の連中は、人の子の声を嫌う」

「……塔の連中ってなに？　上に誰かいるんだよね？」

ぐるりと『儀の間』を見渡す。扉のない空間だ。

――扉が、ない。

(え？　なんで？　入ってきた扉はどこ？)

桜子は狼狽《ろうばい》した。どこにも自分たちが入ってきたはずの扉がない。ただの壁があるばかりだ。

その時――シュ、と音が聞こえた。

音のした方を見ると、壁の一部に扉が現れている。

扉が現れる、というのは本来おかしな話だが、それまではたしかになかったのだ。

――そう。扉はなかった。

一瞬辺りを見回し、視線を戻すと――そこに人が立っていた。

桜子は上げそうになった悲鳴を堪《こら》える。

白いローブ姿の男だ。すっぽりとフードを被っているので、顔は見えない。

シュルムトが桜子の腰を抱き寄せ、背に庇《かば》った。そして、ローブ姿の男に話しかける。

「非礼は詫《わ》びる。すぐにも立ち去ろう。だが、我が婚約者にも人生がある。奪われた暮らしがある。失われた時間を取り戻すことはできないが、能《あた》う限り早く、元の暮らしに戻してやりたい。――ニホンに、帰してやりたいと思っている。塔のことを口外してはならぬがゆえ、起きたことだ。やむを得ぬ事態であった」

ローブの男は一つ頷いて、スッと桜子たちの後ろを手で示した。

振り返る。——先ほど、ない、と認識したはずの場所に、扉がふっと現れる。

（なんなの!?　これ！）

シュルムトは桜子の手を取って、扉に向かって歩き出す。

「おめでとうございます」

後ろで声がした。——ローブの男だ。

（……日本語？）

王国語が翻訳されたのとは違う響きで、その言葉は耳に届いた。

（まさか……！）

あのローブの男は、日本人なのではないか——そう思った時には、もう扉は閉まっていた。

扉の前にはジュウドがいる。——王宮に戻ってきたのだ。

シュルムトは「成った」と一言だけ言う。

「ご婚約、まことにおめでとうございます」

恭《うやうや》しく礼をしながら、ジュウドはよく通る声で祝辞《しゅくじ》を口にした。

ざわっと渡り廊下の向こうで人の気配が動く。——人の姿が見えた。

「おめでとうございます」

「ご婚約、おめでとうございます」

シュルムトに手を引かれて廊下を歩く間、何人もの人に笑顔で祝福の言葉をかけられた。

声は聞こえている。意味も理解できた。だが、桜子は呆然としたまま反応ができない。

心臓が音を立てて鳴っている。

——想像もしていなかった。まさか、塔があのようなものだったとは。

ひたすらに足を動かし、控え室に戻る。まだ桜子は、自分の目で見たものが信じられずにいる。

「サクラ。俺はこれから式典の準備に向かう。間もなくサヤ殿が来るはずだ。……式典には出てもらうが、座っているだけでいい」

「……うん。わかった」

知った名前を聞いて、桜子は安心を覚える。サヤはジュウドの後妻で、ウルラドにとっては義理の母親にあたる。桜子はダンスを習う他にも、なにかと世話になっていた。

「わかっていると思うが、塔でのことは口外するな。——秘事《ひじ》のことは後で必ず話す」

足早にシュルムトは控え室を出ていった。

——まだ、鼓動が落ち着かない。

儀のことや塔のことが、王家の秘事《ひじ》とされている理由が、今ならばよくわかる。国会議事堂の地下に超文明とコンタクトできる施設があるようなものだ。パニックを避けるために緘口《かんこう》を徹底するのも当然だろう。

それから、どのように時間を過ごしたか、記憶が曖昧《あいまい》だ。

気づくとサヤが近くにいた。宰相夫人のサヤは、亜麻色の髪の、緑がかった青い瞳をした貴婦人だ。

「おめでとうございます」

サヤは桜子の顔を見て、笑顔でそう言った。

王子との婚約が成ったのだから、当然めでたい。桜子にとっては日本へ帰るための一歩を踏み出せたことになる。めでたいづくしだ。

だが、まだ動揺の余韻から抜け出せず、おめでたいことがあった、とは実感できなかった。

これから式典があるので、それに出席することになる——とサヤに聞いて、『儀の間』を出た後、自分が正装から式典に備えたドレスに着替えていたことを思い出した。

目の前の現実が、ひどく遠い。

「すみません。私、ちょっと……」

「大丈夫です。『儀の間』に入られた方のお世話をするのは初めてではございません」

サヤの柔らかな声音と、慣れている、という言葉が桜子を安心させた。

式典の会場に向かうため、控え室を出る。

王宮の中は、忙しく人が行き来していた。朝に足を踏み入れたのと同じ場所なのが信じられない。

吹き抜けの階段を下りるまでの間に、何人もの人が桜子に祝辞《しゅくじ》を送る。

——ご婚約おめでとうございます、と。

今度は、笑顔と会釈《えしゃく》で応《こた》えることだけはできた。

サヤと一緒に乗った馬車は王宮の門を出て、ゆっくりとスロープを下りていく。前後には馬車が何台も連なっていた。

式典が行われるのは、中央区の中腹にある大きな広場だ。太陽の広場、と名がついている。

広場には、多くの都民たちが集まっていた。

いつもの桜子ならば、この式典が終わった後、どれだけの人を南区に誘導できるかと胸を躍《おど》らせるところだ。臨時で増やした移動販売のスタッフたちの心配や、材料の確保が十分であったかをなにより気にしていただろう。

――だが、集まった都民たちの姿も、にこにこ商店街の売り上げも、今は別の世界のことのように遠い。

馬車が止まった。広場に面した、劇場の二階席のような場所に案内される。

呆然とばかりもしていられない。この国では、王族と婚約した者は王族に準じる身分になるのだ。

(他の王族の方もいる……よね、きっと)

俄《にわか》に緊張を覚えながら、ブースになった観覧席に入る。――予想に反して、そこには誰もいなかった。

「……私たちだけですか？　他の王族の方も、いらっしゃるのかと思ってました」

「シュルムト様の意向です。婚儀を終えるまでは、他の王族の方々と交流なさる必要はないとおっしゃっていました。今日の会食も、ご欠席と連絡してあります」

サヤの言葉にホッとする反面、不安にもなる。

「それで、大丈夫なんでしょうか……？」

いかにシュルムトの意向だといっても、日本で婚約者の親戚を総スルーしようものなら、最近の若者はこれだから、と嫌味の一つも言われるだろう。

「サクラ様が東方のご出身なのは、よく知られておりますもの。『ニホンでは、婚儀までの間は婚家とは関わらない決まり』だと――たしか、そうお伝えのようでした。サクラ様の負担にならないように、とシュルムト様はお心を砕いておいでです」

どうやら、サヤはこの婚約が形だけのものだと知っている様子だ。恐る恐る桜子は確認した。

「サヤ様、あの、シュルムトから……その、話を、聞かれたんですか？」

「はい。ですから、どうぞ遠慮なくなんでもおっしゃってくださいませ。私はサクラ様の味方ですわ」

にっこりとサヤは微笑む。

頼もしい協力者に、桜子は「ありがとうございます」と笑顔で言った。

その時、ワッと声が上がり、華やかに管楽器の音が鳴り響いた。

都護軍《とごぐん》の兵士が整然と行進し始める。

ザッザッと靴の音が鳴り、打楽器と一緒にリズムを刻む。歩兵の後ろには、戦車と騎馬隊が続いていた。

(――いた)

シュルムトは苦もなく見つかった。列の中央の四頭立ての戦車に乗っている。冠《かんむり》を頂く『王様』にしか見えない人物――ユリオ三世だろう――の隣に彼はいた。都護軍《とごぐん》の制服ではない、黒地に金糸で刺繍《ししゅう》を施《ほどこ》したガーランを着ている。

(陛下は体調がよくないって聞いてたけど……)

この距離からでは、体調まで見てとることはできない。ただ、シュルムトはユリオ三世の身体をしっかりと支えているように見えた。

王の乗った戦車は、広場をゆっくりと一周したあと、すぐに退場した。

騎馬隊のパレードが続く。

ゴーン……

鐘の音が響いた。行進曲が、ぴたりと止まる。

ゴーン……ゴーン……

ゴーン……

四度目の鐘の音が鳴った時――ワッと、広場の人たちが歓声を上げた。

「……なんですか？　あの鐘の音」

時報ではないはずだ。桜子はこの王都に二年半いるが、耳にしたのは初めてだった。音は王宮の方から聞こえてくる。

（あの……塔から？）

「慶事を報《しら》せる鐘は七回。弔事《ちょうじ》は三回。――きっと、塔がシュルムト様とサクラ様の婚約の儀が成ったことを報《しら》せているんですわ」

サヤが笑顔で「おめでとうございます」とまた言った。

七回目の音が鳴り終わる。

「マキタ様だ！」

――下で、誰かが叫んだ。

広場にざわめきが生まれ、波紋のように広がっていく。

こちらを見上げる人々には、明るい笑顔が浮かんでいる。

桜子の存在を、王都の人たちは笑みと歓声をもって迎えようとしているのだ。

「手を振って、お応《こた》えになってください」

サヤに促《うなが》され、桜子は強張《こわば》った顔のままで手を上げる。

視線を彷徨《さまよ》わせるうち、シュルムトの姿を見つけた。もう戦車を下り、馬に――それも誂《あつら》えたような白馬に乗っている。

シュルムトは手綱《たづな》を操り、列を離れた。――こちらを見ている。

それに応《こた》えるように、人の海が割れて道が開けた。

（え？　こっちに来る気!?）

若き王子が王都中の人々の祝福を受けながら、白馬に乗って婚約者のもとに向かっている。

なんとドラマチックで、ロマンチックな光景だろう。

ブースの真下まで来たシュルムトは、ひらりと馬から下りた。

そして、柱に手をかけるとするすると上りだす。

呆気に取られているうちに、青空の色の瞳をした美しい生き物は、高い場所にあるブースの中に入ってきた。

シュルムトは優雅な動作で桜子の手を取り、甲にキスをする。――ますます、歓声は大きくなった。

「参ったな。このような騒ぎになるとは予想外だった」

「これ、歓迎されてるんだよね？」

「あぁ。――悪いが、芝居につきあってくれ。国民にも希望が要《い》る。今この時期なれば尚更だ」

シュルムトは桜子の腰を抱き、観衆に向かって手を上げた。

ワーッ。

式典でユリオ三世が現れた時よりも、遥かに大きな歓声がわく。熱狂といっていいほどだ。

いつかウルラドが言っていた言葉を、桜子は思い出していた。

――希望とは容易《たやす》く生まれるものではないのだ。我ら為政者《いせいしゃ》が望んだところで、手に入るとは限らない。

病身の王の傍《かたわ》らにいた、次代を担う若き軍人のシュルムト。

南区の経済を立て直し、王子の愛を得たマキタ。

都民はこの新たに生まれたカップル――自分たちの姿に希望を見ているのではないか。

国を守るために偽りの婚約を選んだ男と、いつか日本に帰るために偽りの婚約をした女に。

強烈な罪の意識に、桜子の心は凍りつく。

地を揺るがすほどの歓声の中で、桜子は孤独だった。

「――罪は、俺が生涯背負う」

どうしてその時、シュルムトは桜子の葛藤《かっとう》を見透《みす》かしたようなことを言ったのか、その時の桜子にはわからなかった。

桜子の足が、震えていたからだろうか。

あるいは、その目に涙が浮かんでいたからかもしれない。


式典の後は王宮に戻った。サヤに二階の控え室ではなく、一階の奥にある書庫へと案内される。

一面の、本、本、本だ。書庫に入るなり、桜子はぽかんと口を開けたまま立ち尽くす。

「会食の後、シュルムト様もいらっしゃいますわ。そちらが終われば、自由にお帰りになっていただいて構いません。――お疲れ様でございました」

これから会食に出席するというサヤに礼を言って見送ると、桜子は書庫に一人になった。

壁一面の書棚だ。膨大な量である。この国にはまだ印刷技術がないのだから、当然、すべて手で書かれているはずだ。この文章全部を書くのに、どれほどの人手と時間を要したのか。桜子には、想像もつかない。

一つを手に取り、パラパラとめくる。

この一冊を丁寧に書き写すだけでも、相当な労力だ。

改めて何千冊あるか数え切れぬほどの蔵書を見上げる。この中に、シュルムトはどのように名を残すことになるのだろう。――そんなことを考えているうちに、扉が開いた。

「待たせたな」

シュルムトが入ってきた。式典の時と同じ格好で、手にカゴを持っている。

「あれ？　……会食は？」

先ほどサヤが出ていってから、フルコースの食事が終わるほどの時間は経っていないはずだ。

「解散になった。陛下のご負担が過ぎたようだ。——話をしよう」

シュルムトは奥にあるロフトになった中二階を示し、階段を上っていく。

中二階の突き当たりにある大きな窓から、広いバルコニーに出た。

——桜だ。一面の桜が、視界に広がった。

「……綺麗！」

このバルコニーは中庭に面しているようだ。勧められてベンチに座ると、ちょうど桜の花が目の高さで見えた。

「食えるか？」

シュルムトが、カゴにかかっていた布を取る。そこにはワインとパンが入っていた。

緊張と混乱で忘れていたが、バターの香りをかいだ途端、強い空腹感に襲われる。

「食べる！　お腹空いちゃった」

ワインを飲んで、パンを一口食べる。やっと人心地がついた。

「よく耐えたな」

「……さすがに、びっくりした」

グラスを置いて、桜を見ながらため息をつく。

「ひとまず儀は成った。互いに十分な成果だ」

「あれ、名前が光れば成ったたってことなの？　シュルムトの名前も光ってたよね。あれ、本名？

シュルムト・ヴァン……コヴァド……？」

「お前、石盤の文字が読めたのか？」

「読めたよ。まだ難しい文章は無理だけど、名前ならだいたい大丈夫」

シュルムトは「そうか」と言った後、ひどく難しい顔をした。

「……俺は、お前があの連中の『仲間』なのだと思っていた」

「違う。全然……違うと思う。私、理系じゃないし、日本の最先端技術を把握してるわけじゃないけど……それでも、やっぱり違うと思う。もっと高度っていうか……」

「あれは、お前の目にも『魔法』に見えるのか？」

「『今の自分では原理が理解できないシステム』って意味では、私にも『魔法』に見える……かな」

「順を追って話す。まず──」

「ちょっと待って。食べてから」

「……先ほどまで震えていた割に、ずいぶんと余裕だな」

シュルムトが小さく笑う。

「『腹が減っては戦《いくさ》ができぬ』って言うじゃない。聞いたら食欲なくなりそうだし。食べてからにする」

「こちらでは『ふくれた腹では戦《いくさ》はできぬ』と言う」

ひら、と桜の花びらが一枚、足元に落ちた。

「日本とちょうど逆なんだ。――ね、ここの桜、ずいぶん咲くの早くない？　南区はまだ蕾《つぼみ》がついたところなのに」

「あぁ。王都のどこよりも早い。春を告げる桜だ」

「綺麗。日本にも桜はあるよ。私の故郷は寒いとこだから、咲くのは五月だけど」

「桜――という意味だと聞いた」

自分の名前のことを言っている、と気づくまでに二呼吸ほどの間が空いた。

「……名前のこと？　そんな話してたっけ？」

「セオから聞いた」

「シュルムト、瀬尾くんと意外とよく話してるよね。絵を頼んだんでしょう？」

知らないうちに、彼らは何度か会って話をしているようだ。婚約の件を切り出したのも、シュルムトから依頼を受けた瀬尾だった。以降も縁は続いている様子だ。

「偲《しの》ぶものが欲しいと思ってな」

「……偲《しの》ぶ？　なにを？」

「いや。こちらの話だ。――そろそろ始めるか」

パンの最後の一切れを、桜子は呑み込む。

シュルムトは立ち上がり、バルコニーの手すりに腰かけた。

いよいよ――王家の秘事《ひじ》に触れることになる。

桜子は深呼吸をしてから「お願いします」と言った。

「塔に関わることのすべては口外を禁じられている。秘事《ひじ》を知る者は、王族とそれに準じる者のみ。代々の宰相もあの渡り廊下までしか立ち入ることを許されていない。先ほど入った塔の下部にある『儀の間』も、用がなければ誰であろうと入ることはできん。あの『儀の間』にある扉が開き、塔の上部に入ることができるのは『立太子の議』と『即位の儀』の時だけだ」

「あの扉が、塔の上に繋《つな》がってるんだね」

「あぁ。あの、鐘はないのに鐘の鳴る、塔の上部だ」

「鐘……ないの？　さっき、普通に鳴ってたけど」

七回、たしかに鳴っていた。王都中の人が耳にしているはずだ。

「あの塔に鐘はない。祖父――陛下が言っていた。文献にもそう書かれている」

「……怖いんだけど」

桜子は鳥肌の立った腕をさすった。ＳＦを通り越して、いっそホラーだ。

「幸いにして、我らは塔に歓迎されているようだ。いい風が吹いている」

「そう……だね。うん。まぁ、認められただけいいのか」

「婚約が成り、俺とお前の間では情報の共有が可能になったが――どこまで話すことが許されているのか、手探りな部分がある。危ういとわかればすぐに退《ひ》く。お前もそれは徹底してもらいたい」

「あ、うん。――さっきはごめん」

『儀の間』での勇み足を思い出し、桜子は謝った。

シュルムトは「互いに安い命ではないからな」と言いながら、空を見上げた。

空にはただ、白い雲が一つ浮かぶばかりだ。

「本題に入るが――塔の上部には『異界』へ繋《つな》がる扉が存在する、という伝承がある」

ドクンと心臓が高鳴った。

「それ――その『異界』が、日本のことだって言ってるの？」

「そうだ。ニホンに続いているのではないか、と考えたのは俺の推論だ。文献に書かれていたことではない。だが、今日、確信を得た。――俺が、先ほど『儀の間』で言った言葉を覚えているか？あの神官は、俺の言葉に頷いた。――道は見えている」

たしかに、あの時ローブの男は頷いていた。

――ニホンに、帰してやりたいと思っている、と言ったシュルムトの言葉に。

「でも、塔の上って、王様とか、王太子様になる人しか入れないんじゃないの？　その『立太子の儀』と『即位の儀』の時だけしか、上がれないって言ってたよね？」

「あぁ。だが、宰相らからの聞き取りと、文献の調査でわかったことがある。この情報が得られたゆえ、俺はお前に婚約の話を持ちかけたのだ。まぁ、ひとまず聞け」

「わ、わかった」

とにかく、シュルムトが日本と行き来する方法について、大変な熱心さで調査を進めてくれていることは理解できた。桜子は神妙な面持ちになって、シュルムトの言葉を待つ。

「塔に上ることができるのも、異界への扉が開くのも、『立太子の儀』と『即位の儀』のみだ。この儀が行われるのは、祭りの最終日と限られる。これは話したな？」

「うん。覚えてる」

王太子や王がその地位に就《つ》く機会が、年に一度ではなにかと不便に思えるが、この王国ではそれが慣例なのだ。

「重要なのは、この、塔に入り得る資格者だ」

「『儀の間』の審査に通った、王太子になる人と、王様になる人だよね」

「他にもあった。一つは――七つの神殿の内、その年の最高位となった神殿の神官だ」

「最高位……？　最高位ってなに？　それ、どうやって決まるの？」

王都の中央区を囲む七つの区には、それぞれ神殿がある。しかし、序列があるとは知らなかった。

「その年に収めた布施《ふせ》の額だ。単純に、額の多い神殿が最高位に決まる」

桜子は、思わず大声を出しそうになって、口を押さえた。

「もしかして……！　森本さんが狙ってるのって、それだったの？」

森本は、この王都に現れて、わずか数年で巨万の富を得ている。

他の区から客を奪い、どのように恨まれても、怯《ひる》むことなく事業を拡大した。

権力者との癒着《ゆちゃく》を妨害したのも、布施《ふせ》の額の問題だったのではないか――そう思えば、これまでの森本の行動に説明がつく。

「恐らくな。モリモトは、我らよりも多くの情報を持っているはずだ。ヤツが富に執着するならば、意味のあることなのだろう」

「最高位の神官になって塔に上れば……『帰れる』かもしれない……？」

「まだ、仮説の域を出ておらんが――お前は、このガシュアード王国にあって、『ニホンに帰る』手段を、塔の他に求めることができると思うか？　俺は、他にはないと思っている」

他にはない。その通りだ。

日本とガシュアードを繋《つな》ぐなどというとんでもないことが起きるとすれば、あの、桜子の目にもＳＦにしか見えない超文明が関わっているに違いない。

「じゃあ、私はまた神職に戻ればいいんだね？　瀬尾くんも――」

神官に復するのは、そう難しいことではない。ブラキオに頼めば計らってもらえるだろう。

「残念だが、人数に関しては不明だ。過去の例では一人のみであったと聞いている」

「あ……そっか……」

もし、定員が一人だった場合、桜子と瀬尾、どちらか一人しか帰れないことになってしまう。

どちらか一人。それはあまりに重い言葉だ。

「塔に入る条件はもう一つある。王、あるいは王太子の配偶者か、それに準じる存在は、同席が認められているそうだ」

――桜子が帰るためには、シュルムトの婚約者でいればいい。

――瀬尾が帰るためには、最高位の神殿の神官でいればいい。

つまり、桜子と瀬尾は同時に塔に上り得る、ということだ。

シュルムトが、婚約を持ちかけた理由がわかった。二人が確実に塔に上るには、これはベストな方法だ。

だが――

この話には、一つの大前提が必要になってくる。

――シュルムトが、塔に上ることだ。

現在、王位継承権第一位は、王太子のアロンソ。第二位はエルザ王女。第三位がハラート王子で、シュルムトは今回、桜子と婚約したことで第四位に上がった。独身で留学中のセヌート王子が第五位に下がっている。この国では、配偶者の有無や子供の有無が継承権に影響を与えるのだ。また、エルザ王女は他国に嫁入りすることが決まっているので、事実上除外される。

つまりシュルムトは現在、実質的には継承権第三位だ。

――遠い。

約半年後にある祭りの最終日までに、ユリオ三世が没することがあれば――アロンソ王太子が即位の儀に臨《のぞ》むことになる。現在体調を崩しているという王太子の身になにかあったとしても、次にはハラート王子が控えているのだ。

「……それ、かなり難しくない？　私が言うのもなんだけど」

「勝算もなく、このような話を持ちかけはしない」

しかし、シュルムトはそう言った。

空の色の瞳をした青年の表情は、冗談を言っているようには見えない。

「シュルムト。……王様に……なるの？」

「あぁ」

ニッと不敵にシュルムトは笑った。

「ほんとに？」

「俺が王になるか、あるいはこの国が滅ぶか。この国は二つに一つのところまできている」

この国が危機に瀕《ひん》していることは、シュルムトから聞いている。

「異民族が迫ってるから……だよね？」

「察しがいいな。そういうことだ。すぐにも俺は国軍に移籍する。国を守らねばならん」

現在シュルムトがいる都護軍《とごぐん》と呼ばれる王都護軍《おうとごぐん》は、警察組織に近い。対して王国軍は軍隊だ。

シュルムトは婚約によって地位を上げ、都護軍から国軍に移ることを望んでいた。——国を守るために。

ここでシュルムトが武功を上げ、都民の支持を得、王か王太子の身になにかが起これば——

俄《にわか》に、先ほどの話が現実味を帯《お》びてくる。

以前に聞いた話では、継承権の上位の者よりも下位の者がより相応《ふさわ》しいという意見が元老院で出た場合は、塔に採決を委《ゆだ》ねるという。『儀の間』で資格を問うそうだ。

ならばシュルムトが、ハラートと共に『儀の間』に立つこともあり得る。

異民族の侵攻を退《しりぞ》け、都民の支持を得て王位に就《つ》くコヴァド一世——

美しい深紅《しんく》の絨毯《じゅうたん》が、コヴァド一世の誕生という未来に向かって伸びているような気がする。

英雄の誕生に相応《ふさわ》しい物語だ。——しかし、日本に帰る道を求める桜子にとっては、あまりに細く脆《もろ》い道のように思えた。

「でも、それしか道がないなんて……厳しすぎる」

それに、桜子が瀬尾と一緒に塔に上ることができたとしても、その時は森本を蹴落とすことになる。いかに敵対していた相手でも、良心の呵責《かしゃく》を覚えずにはいられない。

桜子は、シュルムトの横に並び、バルコニーの手すりに腰かけた。

「モリモトが現れたのは、前王太子が亡くなり、今の王太子が『立太子の儀』を行った折だ」

「……七年前の話だよね」

「あぁ。だが、お前とセオが現れた二年半前には、儀はなかった。しかし、異界への扉は開いている」

「うっかりとか、たまたまとか、そういうこと?」

「ないな。塔の上部で行われる儀では、七つのご神体を集める必要がある」

「ご神体——って……」

その単語には、聞き覚えがあった。——たしか、エテルナ神殿で目を覚ました直後だ。

「エテルナ神殿にもあるはずだ。祭殿の中にな。塔の上で行う儀の折は、最高位の神官が各神殿を巡りご神体を集め、あの『儀の間』の台座の上に置く。『儀の間』には七つ台座があっただろう?ご神体が揃わねば、塔への扉は開かない」

それを聞いているうちに、桜子の血の気という血の気が引いた。

エテルナ神殿にご神体は——ない。

台座の上にはなにもないのだ。桜子はあの祭殿の中で目を覚まし、辺りを隈《くま》なく探している。自信を持って、ない、と言い切れた。

「……もし、もしなくしちゃったらどうするの？　それ、罪に問われる感じ？」

「そのような事態は考えにくいが――微罪では済まんだろう」

そうだ。あの時、ガルドは「ご神体は売っぱらわれた」と言っていなかったろうか。

「わ、私……帰る！　急用を思い出した！」

「厠《かわや》ならば扉を出て左だ」

「そうじゃなくて！　南区に帰るの！　じゃ、お疲れ様でした！」

桜子は階段を下り、書庫から飛び出し、王宮の門の前で待っていたラシュアと一緒に馬車に乗った。

まっすぐに南区に戻ったはいいが、式典後の賑《にぎ》わいで馬車を進めるのは難しい。

「すみません。ここで下ろしてもらっていいですか？　――ラシュアさん、行きましょう」

慌ただしく馬車を下り、中央通りを抜け、勾配《こうばい》を上る。

神殿に続く道は細く蛇行していて、急ぐ時にはもどかしい。

ずっと、この国の神殿の立地を不思議に思っていた。政治に関わらない神殿が、外敵に備える必要があるのか、と。兵が狙うのは中央区の王宮のはずで、いちいち区の一番奥まった場所までは攻めないだろう。

だが今、その理由がわかった気がする。そうまでして守らなくてはならないものがここにあるのだ。

国にとって――いや、きっと塔にとって、ご神体は重要なものに違いない。

桜子は血相を変えて神殿の事務所に飛び込んだ。

ブラキオはひどく驚いていたが、「な、内密のお話が……！」と桜子が言っただけで、用件を察したようだった。

「どうぞ。こちらへ。――『儀の間』に入られたのですね」

ブラキオは、桜子をまっすぐに祭殿へ連れて行った。

ズズズズ……

重い石の扉が開けられる。桜子は、二年半前、這《は》うようにして出た入り口から中に入った。

台座の上には、乳白色の石があった。

「あ……これ……ご神体ですか？」

「はい。こちらが、エテルナ神殿のご神体です」

両手にやや余るサイズの、まろやかな形をした石だ。

「……ガルドさんが、売ったって……」

ブラキオは複雑な顔で苦笑する。

「これは国の宝です。売り払いなど致しません。売ろうにも売れぬでしょう」

「……そうだったんですか。あぁ……びっくりした！」

桜子は、その場にしゃがみこんだ。

「愚弟は、一昨年の祭りの五日目に、王家の使いが来たことを言っているのです。あの年は、ふだんの祭り――これまで私が知る祭りの時の儀とは違い、礼金を渡されました。前例のないことでしたので、愚弟の目にはさぞ怪しく映ったのでしょう。ご存知とは思いますが、儀の話は外には洩《も》らせませぬので、愚弟の誤解を解くことはできませんでした。貴女様にまで要《い》らぬご心配をおかけして、まことに申し訳のないことです」

桜子は立ち上がり、もう一度ご神体を見ながら――首を捻《ひね》った。

「……私がここに来た二年半前の祭りって……儀はなかったはずですよね？」

「我ら神官は、王家からご神体をお預りするだけの身でございます」

ブラキオはそれだけ言って、それ以上言葉を続けようとはしなかった。

「とりあえず、ご神体があってよかったです。……すわ島流しかって、もう、生きた心地がしませんでした」

「数ならぬ身を、それほど案じていただこうとは。――お騒がせを致しました。マキタ様、遅くなりましたが……ご婚約、まことにおめでとうございます。晴れの日にかける言葉ではございませんが、なにかございましたら、いつでも戻っていらしてください」

ブラキオは少し寂《さび》し気な笑みを浮かべた。桜子はふいに、義父のことを思い出す。

就職で東京に向かう時、空港に見送りにきた義父は「いつ戻ってきてもいいから」と言って、母に「今からそんなこと言わないで」と笑われていた。

「……ありがとうございます」

他に言葉がなかった。ブラキオにも、今は言葉を伝えることのできない義父にも。

ブラキオに見送られ、駆け上がってきた神殿の階段を、今度はゆっくりと下りた。

一歩一歩階段を下りていくにつれ、頭は日常を取り戻していく。

移動販売の売り上げは？　材料は足りただろうか？　記念の限定メニューの売れ行きは？

お花見商戦に向けたアピールは、十分できただろうか？

「ラシュアさん、商店街に戻ります。仕事、手伝わなくちゃ！」

夕暮れに向けて、いよいよ商店街は賑《にぎ》わいを増している。

桜子はまっすぐに月の光亭に向かい、ドレスのままでエプロンをし、接客に勤《いそ》しんだ。

あちらこちらから、祝いの言葉をもらう度に「ありがとうございます」と笑顔で返す。

（ここにいる限り、私は『南区のマキタ』だ）

いずれ帰る日は半年後か、一年半後か――もっと先のことになるか。いつか帰る瞬間まで、桜子はこの国で生きていくことになる。

叶うことならば、この世界にいる限り、彼らと一緒に働いていたい。――そんなことを思った。

「マキタ様。お疲れでございましょう？」

客を送り出した桜子に声をかけたのは、月の光亭のタオに嫁いだミリアだ。

気がつけば、もう店じまいの時間になっている。

「大丈夫。片づけ手伝うよ」

「いけません。婚約されたというのに中将様のお邸《やしき》にもお住まいにならないマキタ様を、我々はお預かりしてるようなものでございます。こんなにお手伝いいただいては申し訳がたちません」

結婚してから、ミリアは既婚者の証《あかし》として髪を結い上げるようになった。だが、変わったのは髪形だけではないようだ。

有無を言わせぬスミレ色の瞳に気圧《けお》されて、桜子は事務所へと戻ることにした。

――長い一日だった。

「おめでとうございます、マキタ様。お疲れ様でございました」

事務所には、出迎えたシイラしかいないようだ。

瀬尾の姿もない。人混みが苦手な彼が、こんなイベントの日に外出するのは意外だが、なにか用事でもあったのだろうか。

「商店街も、イベント成功したみたいでよかったです」

「はい。鐘が鳴りました時、商店街でも大騒ぎでしたわ。王室の慶事は数年ぶりでございます」

シュルムトから説明を聞いていたので、数年前の慶事というのが王子のハラートの結婚のことだとわかった。

「それ、ハラート王子がご結婚された時ですよね。やっぱり今日みたいに盛り上がったんですか？」

「盛り上がりは致しましたけれど――今日のような雰囲気ではありませんでしたわ。なにせ……」

トントン。

事務所の扉が鳴った。シイラは言葉を途中で止め、のぞき窓を見に行く。

どうぞ、と招かれたのはマサオだった。

「あれ？　どうしたんですか、マサオさん。瀬尾くんなら留守ですよ」

「寛《くつろ》いでいるところを邪魔するが、つきあってもらいたい。会場まで案内しよう」

優雅にマサオは礼をして、桜子に腕を差し出す。

シイラは「祝い事ですから」と言って、桜子の髪に淡いピンク色の花を手早く挿《さ》した。

(なんだろう? 今日、なんか予定入ってた?)

マサオにエスコートされ、そのまま歩いていくと、閉店したはずの月の光亭に人が集まっているのが見えた。そして——笑顔と拍手が、桜子を迎える。

「え? これ、もしかして……」

「『サプライズ』だ」

マサオが笑っている。多分その単語は瀬尾にでも聞いたのだろう。

「はい、皆、飲み物回して! 人数多いから、どんどん回してってください!」

カウンターの辺りで、瀬尾がグラスを配って歩いていた。職場の飲み会総スルー派のあの瀬尾が、だ。

商店街のメンバーだけではない。よく見れば契約農家の面々に、白バラ歌劇団に、白バラ自警団、青鷹団《あおたかだん》の面々——他にも南区の役所の役人とその家族まで集まっている。

「皆、君を祝いたいと集まったのだ。一言、声をかけてやるといい」

桜子のところにもワインの入ったグラスが回ってきた。

皆を騙《だま》している——そんな負い目が、一気に重くのしかかる。

けれど、すぐに桜子は、居並ぶ人々の笑顔を前にして思った。

――自分がすべきことは、罪の意識を感じて落ち込むことではない、と。

「おめでとうございます！　マキタ様！」

「マキタ様！　どうぞお幸せに！」

こんなにもたくさんの人が、自分の幸せを信じて祝ってくれている。

今日一日で、どれだけ多くの祝辞《しゅくじ》と笑顔をもらったことだろう。

この気持ちに応《こた》えたい、と思った。たとえシュルムトとの婚約が嘘であっても、その嘘をつきとおす。それが、応えるということだ。

桜子は意を決し、グラスを胸の高さに上げた。

「……忙しい中、今日は本当に集まってくれてありがとうございます！　王宮では桜が咲いてました！　来週からお花見商戦が始まります！　まだまだ気は抜けませんが、今日はゆっくり――」

「槇田さん。花嫁のスピーチでお願いします。それじゃあ忘年会の乾杯ですって」

いつの間にか横にいた瀬尾がツッコんだ。しかし、桜子の引き出しのどこにも、そのようなスピーチは入っていない。

秒速で諦め、桜子はグラスを高く掲げた。

「皆さん、ありがとう！　お疲れ様でしたー！」

ワッと皆もグラスを掲げる。

瀬尾は「結局、忘年会じゃないですか」と笑っていた。

祝賀会は賑《にぎ》やかに続き、白バラ歌劇団の皆が歌ったり踊ったりしていた。

ガルドが白バラ自警団の面々を連れて、桜子の周りに座る。自警団は、怪我などで仕事を失った傭兵崩れの男たちを集めているので、顔に傷のある者や、手や足を失った者が多い。一見強面《こわもて》だが、毎日顔を合わせる桜子はもう見慣れている。

「嬢ちゃんが、ほんとに嫁にいっちまうとはなぁ。いや、こんなめでたいことはねぇ。相手が、あのうらなり王子だってんなら、そりゃオレも止《よ》しとけって言うけどよ。中将様なら万々歳だ」

ガルドは感慨深そうに言って、まぁ飲めと桜子のグラスにワインを注いだ。

「頭目、そりゃ言っちゃいけませんよ」

白バラ自警団のキギノが、ガルドの言葉を軽く窘《たしな》めた。

ブラキオの息子で白バラ歌劇団団長のベキオ、それに東区の少年ハロも、白バラ自警団の間に座る。

ガルドの話を聞いていたベキオが「うらなり、というのはハラート王子のことです」と桜子の耳元で言った。

「その王子様なら、もうご結婚されてるじゃないですか。ご婚儀の時は盛り上がったって聞きましたよ」

つい先ほど、シイラとその話をしたばかりだ。ベキオの横にいたハロが「そうなんですよ」と相《あい》槌《づち》を打った。

「王都をあんなに騒がせたご婚儀もありません。なんといっても略奪愛ですから」

「略奪愛？　へぇ、そうなんだ」

「そうなんですよ。それというのも――」

ハロが得意げに話そうとするのを、ベキオが手ぶりで止めた。

「私がお話し致します。ハロの話では、下世話になりますから」

ガルドが「そうだな。お前の話が一番うまい」と言って促《うなが》したので、その場の皆がベキオの話を待つ形になった。

「ミーファ様は元老院議員のご息女です。実は、恋仲の男性がいらしたのですが――半ば攫《さら》うようにハラート王子が娶《めと》られたのです。当時十六歳。ご実家も怒り心頭という有様で、あまり性質《たち》のよくない噂が当時は多く流れました」

王族の慶事ではあっても。めでたいばかりの話ではなかったようだ。

婚約は、愛の有無を問わない――とシュルムトが言っていたのは、ハラートの例を指していたのだろうか。

「いいじゃねぇか、もう済んだ話だ。中将様と嬢ちゃんなら、いい夫婦になるさ。似合いだ」

ガルドが大きな声で言って、白バラ自警団の皆が賑《にぎ》やかに同調する。

その時、店の外から「おめでとうございます！」という声が聞こえてきた。

もしかして――と入り口を見れば、シュルムトがいた。背の高い彼は、人混みの中でも見つけやすい。

「麗《うるわ》しき月の女神に」

シュルムトは桜子の目の前までやってくると、手に持った大きなバラの花束を手渡した。そして、桜子の手にキスをする。

優しい笑顔だ。婚約者になるまで、桜子は彼がこのような顔をするのを見たことがなかった。

本当に大切な恋人を見つめるような眼差しに、不覚にも頬が赤くなる。

きっと今日の桜子は、誰の目にも王子の愛を受けた幸福な女に見えることだろう。シュルムトの恋人のフリは、実にハイレベルだ。

「――ありがとう」

桜子も彼の演技に応《こた》えるべく、笑顔で花束を受け取った。

シュルムトは、店の中にいる面々に向かってグラスを掲げる。

「祝辞《しゅくじ》に感謝する。ブドウ酒と多少の肴《さかな》を持ってきた。返礼だと思ってくれ。――明日より俺は王都を留守にするが、我が婚約者を頼む」

シュルムトの言葉に応《こた》えるように、拍手が起きた。

一緒に拍手を受けていた桜子は、明日には王都を離れる、と聞いて、隣にいるシュルムトを見上げる。

「留守にするって……国軍に移籍するからだよね？　そんなにすぐ行くの？」

シュルムトが急いでいるのは知っていたが、さすがに今日の婚約から、明日の赴任《ふにん》という流れは想像していなかった。

それほど急いで任地に向かわねばならないほど、王国に危機が迫っている、ということだろうか。

「馬で駆けても五日かかる。でき得る限り急ぎたい」

「そっか……」

「なんだ、心細いのか？」

シュルムトは、片眉を上げて笑っていた。そういう軽口を久しぶりに聞いたような気がする。

「そりゃ心細いよ。当たり前じゃない」

桜子は、ややムッとして答えた。唯一無二のパートナーを緊張状態の国境へ送り出すのだから、心細いと思うのは当然だ。からかわれる筋合いはない。

「俺は信用しているぞ。神々の嘉《よみ》するエテルナの巫女《みこ》ならば、安心して背中を預けられる」

ワインを飲むシュルムトの横顔を見る。――神々に愛されている、という言葉は、この英雄の末《まつ》裔《えい》にこそ相応《ふさわ》しい。人望もあり、頭も切れる。国を憂《うれ》い、困難な状況を打破する能力を持つ人だ。

さらに今、危険な国境にも自ら赴《おもむ》こうとさえしている。その上、このビジュアルだ。

神々に愛されたこの青年ならばきっと、あらゆるハードルを難なく乗り越えて帰ってくるだろう。

「そりゃ、そういう意味では信用はしてるけど……」

「ならば笑顔で送り出してくれ。――会議続きで腹が減った。古ダヌキは蛮族《ばんぞく》よりも手強《てごわ》い」

「……食べる？」

ナッツを一つつまんで、シュルムトの顔の前に持っていった。

シュルムトが、奇妙なものを見る目で桜子を見る。

「急にどうした。悪いものでも食ったのか？」

「商店街でそんな悪いものなんて出してません。……婚約者なんだし、円満アピールしないと」

シュルムトは桜子の指がつまんだナッツを口に入れて「悪くない」と言って笑った。

あら、とか、まぁ、とか、元女官たちが華やいだ声を上げている。

「手紙を書く」

ふいに、シュルムトがこちらを見ずに言った。

桜子が「心細い」と言ったことへの対策なのだろう。それとも、事務所で共に暮らす元女官たちへの円満アピールか。

「ありがと」

どちらの意味でシュルムトが言ったのかはわからない。それでも、気を揉みながら過ごすよりも、手紙をもらえた方が安心だ。桜子は素直に礼を伝えた。

祝賀会は盛り上がっていたが、女性陣はぽつぽつと帰り始める頃合いだ。

「今日はさすがに疲れただろう。送っていく」

食事を終えるとシュルムトはそう言って、持ってきたバラの花束を桜子の代わりに持った。

帰る前にマサオに挨拶《あいさつ》に行く。マサオは「後は任せろ。まだ飲み足りん」と三年間引きこもっていたとは思えない陽気さで言っていた。まだまだ飲む気らしい。

その横で、瀬尾がテーブルに突っ伏してイビキをかいていた。中盤までは飲み物を配って歩く姿が確認できていたような気がするのだが。グラス半分で眠る男だけあって、予想以上に早いエンディングだ。

事務所に戻り、二人でごく自然に桜子の部屋に向かう。

ワインを運んできたシイラが「活けておきましょう」と言って大きなバラの花束を持って出ていくと、桜子はベッドに腰を下ろした。

シュルムトはソファに座ろうとして、ふと机の上に目をやる。

そこには羊皮紙《ようひし》が置いてある。――桜子が書きかけていた『手紙』だ。

シュルムトは物珍しそうに手にとって「ニホンの文字か？」と聞いた。

「うん。そう。日本語」

知識人であるシュルムトたちは、外国の言葉も何種類か読み書きできる。中でも、マサオは博識だ。そのマサオでさえ日本語は読めない。『独特すぎる』のだそうだ。

「誰に宛てて書いたものだ？」

この王都で、日本語を読むことのできる人間は少ない。誰に宛てたのか、とシュルムトは不思議に思ったのだろう。

「あぁ……えぇと……母に。……届くわけ、ないんだけどね。エテルナ神殿の祭殿に置いてもらってるの。最初に着いた場所だし、もしなにかの拍子に日本に繋《つな》がったりしないかなー……とか思っちゃって。驚かせないように、ボカして書いてる。……ごめん、ちょっと……」

話しているうちに、急に涙がこみあげてきて、桜子はハンカチに顔を埋《うず》めた。

「必ずや、塔に連れていく」

シュルムトが、桜子の髪をそっと撫《な》でた。

――塔に連れていく。それは、シュルムトが王になる、ということだ。

「……信じてる」

桜子は、顔を上げて言った。

この、神々に愛された青年は、きっと異民族から王都を守り、都民の支持を得て王位に就《つ》く。

これは――コヴァド王の英雄譚《えいゆうたん》だ。

第二章　戦端《せんたん》

シュルムトは『婚約の儀』が成立した翌朝、国軍の少将として王都を発《た》った。

桜子は王子の婚約者、という立場にはなったが、相変わらず南区で寝起きし、にこにこ商店街で働く日々を送っている。

――いつものように事務所で仕事をしていた桜子は、その日の午後、東区へと向かった。

東区は外来人の集まる人種の坩堝《るつぼ》だ。様々な肌の色、髪の色の人たちとすれ違う。生活や食の文化も独特で、辺りにはスパイスの香りや、羊や牛の肉の焼ける匂いが漂《ただよ》っている。

後ろにラシュアを連れて歩いていると、何人かの区民が桜子に気づいて頭を下げた。

一時期南区と東区は緊張状態にあったが、雇用や商売の取引を経たことで、今は良好な関係にある。

今日は、香粉《こうこ》と呼ばれるスパイスの仕入れをしにきた。取引をしているのは、白バラ歌劇団のハロの実家の食堂で、忙しい昼時を外して訪ねても、大抵は席が埋まっている繁盛店だ。

「いらっしゃい、マキタ様」

食堂に入ると、ハロの父親に笑顔で迎えられた。

「お世話になってます。ヘギの実を使ったおいしいパン、南区で好評だったので追加注文のお願いにきました。まとめ買いしたいんですけど、すぐ対応できますか？」

「あぁ、そりゃありがたい。箱で買ってもらえるなら、多少は安くできますよ」

白ヘギの実を使ったパンに照焼風の鶏肉をはさんだおいしいパンが、じわじわと売り上げを伸ばしている。このまま定番化しそうな勢いだ。

桜子は今日の取引分の、白ヘギの実を一袋受け取って礼を伝える。

「ありがとうございます。じゃあ、残りはハロくんの配達で、お願いしますね」

「あぁ、マキタ様。帰りはうちの若い衆に送らせますので、ちょっとお待ちを」

「大丈夫です。うちのラシュアさん、強いですから」

桜子は力こぶを作って、食堂の入り口を見た。そこにはラシュアが待機している。専属ボディガードのラシュアは、元暗殺稼業の凄腕《すごうで》だ。とにかく、強い。

「いえいえ、にこにこ商店街が、あの中将様――いや、今は国軍に移られたから、少将様ですか。コヴァド少将様から大事なマキタ様をお預かりしてるんですから、仕事の話をする時くらいは、我々がお守りしなくちゃいけません。なにせ、マキタ様は未来の王こ――」

ハロの父親は「おっと」と言って言葉を止める。

――ヒヤリとした。

今、ハロの父親は『未来の王妃』ではなく、『未来の王后《おうこう》』と言いかけていた。

桜子がこの言い間違いを耳にするのは、今が初めてではない。

この国では、『王妃』は王子の配偶者を指す言葉だ。シュルムトと婚約した以上、桜子が『未来の王妃』と言われるのは理解できる。だが――『王后《おうこう》』は、王の配偶者だけを指す言葉なのだ。

桜子に『未来の王后《おうこう》』と呼びかけた人たちは、シュルムトが王となり、その隣に桜子が並ぶことをイメージしたのだろう。

いかに病身とはいえ、現在この国には、存命の国王と王太子がいる。シュルムトよりも継承順位の高い王子の、ハラートもいる。

そのハラートの父親であるアガト公は、森本に輪をかけて恐ろしい相手だ。どこで誰が聞いているともわからない街中で、『未来の王后《おうこう》』などと耳にするのは、心臓に悪い。

厨房《ちゅうぼう》から、焦げ茶色の髪の青年が、桜子が頼んでいた揚げパンの袋を持って出てきた。この青年は、食堂の看板娘のカヤと恋仲らしい。彼が南区まで送ってくれるようだ。

「オレ、子供の頃から衛兵に憧れてました。未来の王妃様の護衛ができるなんて光栄です」

青年は、ソバカスのある頬を赤くして笑っていた。

未来の王妃――と桜子を呼ぶ人たちの表情は、とても明るい。

「ありがとう」

だから桜子も笑顔で応《こた》える。偽りの婚約とはいえ、それが自分の務めだ。

南区の門をくぐり、にこにこ商店街に戻ってきた。ちょうど客入りが谷になる時間だが、通りは賑《にぎ》わっている。

「送ってくれてありがとう。ここで大丈夫。……ちょっと待っててくれる？」

桜子は月の光亭の惣菜《そうざい》パンをいくつか袋に入れて「よかったら皆で食べて」と青年に渡した。

「ありがとうございます。……おかみさんは、おめでたですか？」

パン屋には、店主の妻の他、二人の息子たちの嫁がそれぞれいるので、『おかみさん』が三人いる。今、青年がおかみさん、と言ったのは、すぐ近くにいるミリアのことだ。

まだ腹が目立つほどではないので、よく気づいたものだ、と桜子は少し驚く。

「わかるの？」

「お腹、庇《かば》ってらしたので。姉貴が孕《はら》んだ時、そんな風にしてました。――おめでとうございます」

青年の言葉に、ミリアは「ありがとうございます」と笑顔で頭を下げた。

「君も頑張ってね！」

桜子は励《はげ》ましの言葉をかける。青年は大いに照れ、荷物を渡すとそそくさと帰っていった。

「目立ってきましたかしら」

ミリアが腹を撫《な》でている。冬には生まれる予定だという。

「まだ見た目じゃ全然わからないよ。だからこそ大事にしなきゃ。無理はしないでね」

桜子にとって、妊婦はほぼ未知の存在である。月の光亭の店主の次男の妻が妊娠していた時も、なににどう気をつかえばよいかわからず、よくオロオロしたものだ。

これは瀬尾も同じで、最近は、彼もミリアに会う度になにかと気をつかっている。

それがミリアにはおかしくてならないようだ。「ニホンというのは妊婦に優しい国なのですね」と言っていた。少々違うような気もするが、桜子や瀬尾の及び腰は、この国の人々にとっては笑いを誘うものであるらしい。

桜子は、笑うミリアにスパイスを渡した後、腸詰屋《ちょうづめや》の工房に向かった。

この店ではにこにこ商店街成立以前と比べ、扱う腸詰の量が三倍になった。桜子はそれを更に三倍にできないだろうか、と婚約成立後に依頼している。

桜子は今、急いで『保存性にすぐれた食品の開発』をする必要があった。

表向きは王都の外でも取引をするため、と言ってある。だが実際は、異民族の侵攻に備えての準備だ。食糧に恵まれたこの王都では、保存食の普及が進んでいない。

シュルムトがいずれ王になることを、桜子は確信していた。それは即《すなわ》ち、他でもないこの王都が異民族の侵攻を受けるということでもある。

桜子は非常事態に備え、南区民を守るべく活動を続けていた。

マサオの話によると――王国と緊張状態にあるのは、騎馬民族の連合国家だという。

騎馬民族の侵攻の恐ろしさは、彼らが食糧を現地調達することにある。つまり王都が包囲された場合、食糧庫である城外区の農作物が奪われるのだ。城外地区にしか農地を持たない王都は、飢《う》えに苦しむことになるだろう。都民の立場で、これほど怖いことはない。

食糧の備蓄が生死を分ける――と桜子は思っていた。

「お疲れ様です。差し入れ持ってきました。東区の揚げパンです」

腸詰職人のアショの弟子たちが「そりゃありがたい」と嬉しそうな声を上げた。

揚げパンは東区ではメジャーな食べ物で、日本で売っているピロシキのような食べ物だ。よく煮込まれた羊のひき肉が入っている。

東区との味覚交流は進み、今南区ではちょっとしたスパイスブームが起きていた。代わりに、東区でもおいしいパンをアレンジしたものが店先に並ぶようになったそうだ。

「マキタ様。この間の調合だと、日持ちは伸びるが……問題は味の方だ。明日にでも月の光亭にお届けしておきますよ」

アショは白い顎《あご》ヒゲを撫《な》でながら言った。

「ありがとうございます。引き続きよろしくお願いします」

腸詰屋《ちょうづめや》の工房から中央通りに出る。

午後の早い時間だ。今の時間は王都のあちこちで移動販売が活躍している頃だろう。

見回りをする白バラ自警団の一人が会釈《えしゃく》をした。強面《こわもて》ぞろいではあるが、平和の象徴である白いシャツに赤いバラをつけた制服姿の彼らには、もう客も馴染《なじ》んでいるようだ。

これから夕方にかけて、仕事帰りの労働者たちがスーパー銭湯『月の湯』めがけてやってくるだろう。

改めて見れば、王都に来たばかりの頃の、廃墟のような南区が嘘のようだ。

緩《ゆる》やかな勾配《こうばい》を抜け、神殿の階段を上がっていく。

エテルナ神殿に用事があった。先に瀬尾が向かっているはずだ。

桜子は神殿の脇を抜けて奥宮《おくみや》に入る。事務所に断りを入れてから、地下の倉庫に向かった。

(ここに来るのも、久しぶりだな)

扉を開けるとすぐに急な階段が始まる。神殿で暮らしていた頃は、足を踏み外さないかと通る度にヒヤヒヤしたものだ。

ここでミホと話した記憶が、ふっと浮かびそうになり、慌てて蓋をする。

今日は、神殿の地下倉庫の備蓄状況を調査しにきたのだ。余計なことを考えたくなかった。

先に倉庫で在庫を調べていた瀬尾が「こっちです」と桜子を呼んだ。

「お疲れ様。どんな感じ？」

「とりあえず在庫チェックは完了です。ここ、棚を置きたいんで、計っておきます。メモってもらっていいですか？」

瀬尾は等間隔に印の入った麻紐を持って、壁のサイズを計りはじめた。

こうして倉庫に二人でいると、大國デパートにいた時のことが思い出される。

「瀬尾くん、戻ったら、仕事どうする予定？」

「親の会社にコネで再就職ですかね。絵を諦めて就職しましたけど——今度は絵を描きながら仕事しようかと思ってます」

大國デパートにいた時、どれほどこの使えない男に苛立ったか知れない。だが、今の瀬尾は、桜子に部下の育て方に関する自己啓発本を二万五千円分買わせた男とは思えないほど、ふっきれた様子だった。

床を計っていた瀬尾が「五ダール。ジャストです」と言ったので、桜子は置いてあった紙に寸法を書き入れる。

「幅五ダールね。了解。——親が社長っていいなぁ」

「槇田さんはどうすんですか？　――あ、高さ二ダール三ドンで」

「二ダール三ドン。了解。――とりあえず実家帰るよ。親も心配だし」

桜子が、瀬尾の言った数字をメモに取っていると――

突然、上で扉が大きな音を立てた。

誰かが階段を駆け下りてくる。ひどく慌てているようだ。

入ってきたのは事務担当の神官の一人だった。

「マ、マキタ様、グレン神殿のモリモト様が……おいでになりました！」

桜子はメモを取っていた紙を木箱の上に置き、すぐに倉庫を出た。

今着ている服は、これまで愛用してきたアオザイ風の服と違って、足まで隠れるワンピースだ。階段を上るのが難しい。

もたつきながらも桜子は、神官に「中庭の東屋《あずまや》にお通しして」と指示を出した。

「瀬尾くん。誰にも、話が聞こえないようにしてもらいたい」

「わかってます。――俺は白バラ団の人呼んできますんで」

瀬尾はそう言って、奥宮《おくみや》の中にある白バラ自警団の詰所《つめしょ》に走っていった。

東屋《あずまや》に向かうと、ちょうど、そこに森本が案内されたところだった。卓にワインの壺とグラスを置いた女官が下がっていく。

今日は森本の周りにボディガードがいない。話を聞かれないように遠ざけたのだろうか。

森本は東屋《あずまや》のベンチに腰を下ろし、相変わらずの仏頂面で腕を組んだ。

「なにか、ご用でしたか」

「用もなく私がわざわざ君を訪ねるとでも思うのか？」

桜子は森本と向かい合ってベンチに座った。

先日の誘拐未遂事件への謝罪もないまま、森本は話し始める。

「君も『儀の間』に入ったのだろう？　石盤のある——」

「はい。森本さんが二年半前の祭りの時に入ったのと同じ、あの『儀の間』です」

確証はなかったが、桜子はあえてそう口にした。

「隠すつもりはない。私は『儀の間』にも、あの塔の上にも上ったことがある」

あっさりと森本はその事実を認めた。やはり——儀は行われていたのだ。

「大迷惑です。そのせいで私たちは、こんなところに飛ばされる羽目になりました」

桜子は、太ももの上に置いた拳《こぶし》をぎゅっと握った。

「私がこの世界に来たのは、今の王太子が立太子の儀を行った——七年前のことだ。そこに私の意志は介在していない。私は君の存在を知らなかった。こちらに来るよう計らった覚えもない」

「それは……そうかもしれませんけど」

桜子は、奥宮《おくみや》の廊下に目をやった。白バラ団の誰かがきたら、話を切り上げるつもりでいた。だが、まだ姿は見えない。

「塔に関する情報は、ごく曖昧《あいまい》だ。口伝《くでん》と、実際に起きたことから類推する他なく、王家の人間に近づいたところで、彼らもすべてを知っているわけではない。秘事《ひじ》に関する情報の共有も禁じられている。——まったく、厄介な話だ」

「情報が共有できないとご存知ならば、お話しすることはないと思いますが」

最高位の神官の枠が一名のみだった場合、瀬尾と森本のどちらかしか帰れない、という事態も起こり得る。もう森本とは関わるべきではない、と桜子は思っていた。

桜子は「お引き取りください」と言って腰を上げた。

東屋《あずまや》を出ようとした背に、森本の声が刺さる。

「ガンなんだ」

一瞬、なにを言われたかわからなかった。しかしすぐに、その言葉の意味することを理解し、桜子は、息を呑んだ。——すぐにも追い返すべきだった、と思ったがもう遅い。

その言葉は、桜子の心に刻み込まれてしまった。

「……そ、そんな話、信じると思っているんですか？」

「こちらに来る前に切除手術をしているが——七年、検査ができていない。若い君にはわからんだろうが——」

「……母も、大病をしています。わかる、とは言えませんが……」

森本は「そうか」と簡単に言った。

帰るためならなんでもする、と言い切る男の告白だ。信じがたいという思いの方が強い。

だが、もしそれが本当だったら——？

日本にいた頃、母親の検査の日はいつも落ち着かなかった。義父が家族になってからは、異常がなかった、と結果が出た日は、三人で駅前のレストランで食事をしていた。

――よかった。おめでとう。ひとまず安心だ。

検査を七年受けられない状態。その恐怖を理解できる、とは言えないが、想像くらいはできる。――呼吸が苦しくなるほど、胸が痛い。

「妻がいる。子供がいる。――今年、小学五年生になっているはずだ。一目でいい。家族に会いたい」

「な……なんでそんなこと言いだすんですか。今更――」

「こんなことを、まともな神経を持った人間がベラベラと話すとでも思っているのか！　後《あと》がない！　こちらも覚悟をもってここに来ている！」

最初から、話を聞くべきではなかったのだ。森本の告白を聞いてしまった今、帰ってください、とは言えなかった。

「……わかりました。話だけは伺います」

ベンチには戻らず、立ったまま桜子は言った。

森本は、怒鳴って乱れた呼吸を整えてから話し始めた。

「私は二年半前、塔で――キュリオ神殿で、兄に――君たちの知る名で言えば、『森久太郎』に会った」

やはり、久太郎はガシュアード王国にいたのだ。

婚約の儀のときにあの『儀の間』にいたのも、久太郎だったのではないだろうか。

「久太郎さんと、話したんですか？」

「あそこが世間話のできる場所でないのは知っているだろう。ほとんど一方的に情報を渡されただけだ。――内容は言えん。君も命は惜しいだろう」

森本は塔に上った。そして、久太郎から情報を得ている。

だが、その内容をこの場で聞くことはできない。

「話せないってわかってて、わざわざいらしたんですか？」

桜子は東屋《あずまや》の入り口に立ったまま、険《けわ》しい表情で問うた。

「違う。これでも善意で言っている。聞いておいた方が身のためだ」

「善意って……」

呆れて、桜子は苦く笑ってしまった。だが、例によって森本は、構わず話を続けた。

「兄は――戸籍上の名は森本トキオという。登山の登る、世紀の紀に、夫、と書く。森本登紀夫《ときお》。兄が、作家だったというのは聞いているな？　瀬尾くん、といったか。彼は仕事の依頼を受けていたそうだが」

「はい。そう聞いています」

以前、森本と会った時に、瀬尾は自分の口から仕事で縁があったことを話している。桜子が久太郎の娘かもしれない、ということもだ。

「君が兄の子供だと――いや、そもそも兄に子供がいたとも、恋人がいたとも聞いていない。私が兄とは折り合いが悪かったのもあるが――学生の頃に作家としてデビューをして以来、ほとんど部屋にこもってばかりの男だった。子供のことは、家族の誰も知らなかったはずだ」

桜子の母親は、出産を前に東京から旭川に戻っている。

恋人だった久太郎には、なにも告げずに別れたのかもしれない。だが、そんな話は、いくら叔父かもしれない、といっても森本に伝える気にはなれなかった。

「――私は、父のことをまったく知りません。死んだものと思っていましたから」

「あの男を、私は兄と呼んでいるが、彼は養子だ。両親の子供ではない。それだけじゃない。兄は――日本に来た段階で日本語を理解していなかった。兄が使っていたのは、英語でもフランス語でもなければ、ドイツ語でも、ロシア語でもない。――我々には理解できない言語だった」

桜子は眉間《みけん》に深いシワを寄せた。

「でも、久太郎さんって、作家……だったんですよね？」

マサオたちは、久太郎が王国から来たのではないか――と推理していた。

信じがたい話だ、と桜子は思っている。王国にいる自分たちと同じ現象が日本にトリップした久太郎に起きていたとしても、それは喋《しゃべ》ることができる、聞き取りができる、というだけで、字の読み書きは難しいはずだ。桜子は二年半この国にいるが、まだ読み書きには不自由がある。

今、森本は久太郎が、日本語がわからないところからスタートしたと言った。つまり、話すことも聞くこともできなかったということだ。ならば尚更、プロ作家として百巻を超える物語を書くなど、不可能な話に聞こえる。

「異常だ。異常という言葉を避けるならば、天才としか呼びようがない。二年間、あの男は家から出ずにテレビを見、本を読み——独学で高校を受験し合格するだけの水準の学力を手に入れた。三年後には、誰でも名を知っているような大学に進学した上、在学中に作家デビューしている」

「信じられない……」

桜子は、思わず声に出していた。

人間にそのようなことが可能なのだろうか？　天才と名をつけたくらいでは理解しきれない。

「そのバケモノのような男は、『突如として』私の家の庭に現れた。——我々がこの王国に来たのと同じようにな。いや、我々とは逆か。王国から日本に来たんだ」

森本は、青ざめた顔で一度呼吸を整えた。体調が悪いのだろうか。

額《ひたい》に浮いた汗をハンカチで押さえてから、森本は話を続けた。

「とにかくその謎の少年を、両親は養子に迎えた。……私の父方の伯父一家が、関西であった震災で行方がわからなくなっていた。その伯父の息子で、私にとっては父方の従兄《いとこ》にあたる『登紀夫』という少年が——その少年だ、と両親は断じたわけだ。突然庭に現れ、日本語も理解していない少年をな。信じられるか？　日本に住む日本人で、日本語が理解できない者などいるはずがない。その点、私の両親も異常だった」

森本の声には、強い苛立《いらだ》ちがまじっている。

「どうして、そんなことに——」

「知るか。とにかく、私の両親はその少年を保護した。言葉の問題は、事故による心因性の失語症だ、ということにしたらしい。そして父は、その少年のＤＮＡ鑑定をした。結果、父と彼との血縁が認められた。――その異常な少年と、私の間にも血縁があるということだ。つまり、君と私の間にも血縁はある」

「……久太郎さんの実の娘と、血縁のある義理の弟が、王都にいることになりますね」

「あぁ。そういうことになる。……兄は君の存在をこちらに来るまで知らなかったそうだ」

森本は疲労の滲《にじ》んだため息を漏らす。いったん久太郎の話は終わったようだ。

なにが目的で、森本はこの話をしたのか。血縁があることを理由に、これまでの衝突を水に流したい、とでも言うつもりなのだろうか。

「――本題をおっしゃってください」

「次の祭りでシュルムト王子と君たちが『儀の間』に入る場合、私を排除しないでもらいたい、と頼みに来た。その代わり、ハラート王子が選ばれた際、私は君たちを排除しないことを約束する」

森本の言葉の意味を、呑み込むのに時間が要《い》った。

「それ……本気で言ってるんですか？」

「『儀の間』まででいい。塔に上ることができるかどうかは、塔が決めることだからな」

「できません！　森本さんを連れていったら、瀬尾くんが帰れなくなるじゃないですか！」

桜子は、思わず声を荒らげていた。こんなことは口にしたくなかった。だが、森本は食い下がる。

「王太子候補者の次点までは『儀の間』に立てる。素行に問題のあるハラート王子の次点として、シュルムト王子が『儀の間』に立つ可能性は多いにあるだろう。神官も同じはずだ。神官の序列は、二位まで発表されるからな。昨年までの数字であれば、エテルナ神殿も次点の位につける。婚約者まで資格があることは知らなかったが――シュルムト王子が『立太子の儀』を行うことになれば、婚約者の君と、グレン神殿の神官である私と、エテルナ神殿の神官に戻った瀬尾くんは、同時に『儀の間』に立つことが可能だ」

「そんなこと、信じられません！　それなら、私に頼む必要ないじゃないですか」

「君はシュルムト王子の婚約者だ。君が強く頼めば、シュルムト王子が私を排除しようとする恐れがある。それだけは避けたい。『儀の間』に入ることさえできれば、私は――私だけは、必ず帰ることができるんだ！　だが、君がそれを阻《はば》めば、私にはもう道がない！　だから今、言いたくもないことを伝えにここに来ている！」

この情報をどう理解すべきか、桜子の頭は混乱している。

だが聞き逃せない内容が一つだけあったことはわかった。

「……なんで、自分だけは帰れるって言えるんですか？」

「それは言えない。だが、君たちにはまだ無理だ」

森本の視線が、桜子の目から身体に移った。

「教えてください。どうして――」

ガシャン！

音を立てて、卓の上にあったグラスが――落ちた。

誰も触っていない。これは森本を案内した女官が置いていったグラスだ。森本も桜子も、指一本触れていない。

「……塔からの警告だ」

森本はそう言って、深いため息をついた。

「警告？」

「グレン神殿でも、同じことがあったはずだ」

――覚えている。

攫《さら》われてグレン神殿に連れていかれた時、森本との会話の途中で小麦粉の袋が落ちてきた。

「え？　……塔？　これ、塔の警告なんですか？」

「――君はどうやってここに来た？」

森本は答えず、別の質問をした。桜子は、訝《いぶか》しく思いながらも答える。

「……倉庫にいたんです。段ボールが落ちてきて、気づいたらエテルナ神殿にいました」

「私たちは、直前まで蔵にいた。行李《こうり》が落ちてきたんだ」

――落ちて――

「……上から……落ちてきたんです」

「あぁ、そうだろう。それが連中の手口だ」

塔が今の話を聞いて、警告をしている――

だが、一体どこで聞いているというのだろう。

あのＳＦじみた塔は、そんな力まで持っているのか。

怖い。――だが、わざわざ今、警告をするからには、理由があるはずだ。

「警告がきたってことは……話が核心に近づいたってことですよね？」

「よせ。……連中が聞いている」

警告が必要なほど、森本の持っている情報は正確だ――ということではないか。

桜子は怯《ひる》まず、問いを重ねた。

「教えてください。どうして森本さんだけは帰れるって言えるんですか？　それがわからなければ、先ほどのお話を考える余地はありません」

「死にたいのか？　連中は、我々の生き死になど気にはしていない。実験に使った家畜が死んだ程度の感慨しか持たないだろう。次の個体を呼び寄せるだけだ」

「教えて！　なにをしたら帰れるんですか!?」

ガシャン！

今度はワインの壺が落ち、床にワインが飛び散る。

「アガト公の側近は片目を失った！　グレン神殿の神官も一人、腕を失っている！　それならばまだいい。『落とすものがなにもない』場所ですべてを聞いた従者は、家に帰り着くまでの間にレンガの下敷きになって死んだ！　連中の力を侮《あなど》るな！」

ドン……ッ!!

なにかが落ちて砕けた欠片《かけら》が飛び散り、桜子のすぐ横にあった柱がカツンと音をたてる。

「きゃあああッ！！！」

桜子は、耐え切れず悲鳴を上げた。

上から落ちてきたのは、東屋《あずまや》の屋根のレンガだ。

これが最後の警告だ。次はない——という声が聞こえた気がした。

「マキタ様……！」

ラシュアが駆けつけ、桜子を抱き上げる。

ガルドと瀬尾がこちらに走ってくるのが見えた。

瀬尾には聞かせられない——そう思ったのだが。森本の悲痛な叫びは、中庭に響いた。

「ガンで死ぬのは怖くない！　ただ一目家族に会いたい！　妻に、君の夫は——息子の父親は、家族を捨てて消えたのではないと教えてやりたい！　頼む！　私から……家族を奪わないでくれ！」

——この誘導灯は、どこに繋《つな》がっているのか。

自分たちは皆、『不幸な漂流者』だ。

真偽は知れないとはいえ、森本が、妻や子に会いたいという気持ち——

桜子が、母に、義父に会いたいという気持ち——

瀬尾が家族に会いたいという気持ち——

日本で、自分たちの帰りを待つ家族の思い——

そこに差があるのだろうか。

森本はガルドに捕らえられ、白バラ自警団に護送されてグレン神殿に戻っていったという。

もうなにも考えたくない。事務所に帰ると桜子は部屋にこもった。ワインを呷《あお》り、酔いに任せてベッドに潜《もぐ》りこむ。

——その日見た夢には、ランドセルを背負った男の子がでてきた。

＊　＊　＊

はぁ、と桜子は大きなため息をつく。

異民族の侵攻に向けた備蓄計画が、早々に手詰まりになっていた。

資金が足りない。にこにこ商店街は賑《にぎ》わいの中にあるが、スタートがほぼゼロからの状態だったので、設備投資もまだまだ必要だ。

「自転車のない国で、自転車操業って、なんて言うんだろうね……」

「知りません」

桜子は資金繰りの計算をした紙を手に、長い長い息を吐いた。

改めて数字を確認しているが、余剰の財産はまったくない。

「人件費は削りたくない。設備費もかけないとこれ以上のお客さんをサバけなくなる。皆から預かった積立金には手をつけたくない。あー……宝くじ当たらないかなぁ」

「なんか言った方がいいですか？」

「ううん、要《い》らない」

瀬尾は書類をパラパラと眺めた後、デスクに置いた。

——あの日の森本のことを、瀬尾とはその後一切話していない。話したところで、得るものはないように思っている。

「ダメですね。三日間データ洗いましたけど、無駄な経費なんてありません。今年に入ってから新規出店を止めてての数字ですから」

言いながら瀬尾は、アトリエスペースに向かった。彼は今日の仕事を終えたらしい。

「そういえば、瀬尾くん。シュルムトから絵を頼まれてたよね。なんの絵？」

瀬尾は細い目をますます細くして桜子を見た。

「聞いてどうすんですか。絵の売上はちゃんと事務所に入れますんで。あと、俺、量産とか無理ですから、事業化はできませんよ」

誰もそんなことは言っていないのに、予防線を張られてしまった。

桜子はこれ以上の会話を諦め、再び書類に目を落とす。

その時、コンコンと事務所の扉が鳴った。

「ごきげんよう、マキタ様」

上流階級の香りを漂《ただよ》わせながらやってきたのは、ウルラドの義理の母で、宰相夫人のサヤだ。

「こんにちは、サヤ様。式典の時はお世話になりました」

「お力になれてなによりですわ。今日はマキタ様をお誘いに参りましたの。午後からのお茶会にいらっしゃいません？」

厳しい経済状態に唸《うな》っていたところに、唐突に降ってわいたような優雅なイベントだ。

「お茶会……ですか」

貴族の社交には自信がない。マナーのレッスンをサヤから定期的に受けているとはいえ、実践には及んでいなかった。できれば丁重にお断りしたいところだったが――

「できれば、お仕事のお話をさせていただきたいの」

「伺います！　是非！」

仕事とあれば迷う余地はない。桜子は即断した。

宅配の話だろうか。貴族の邸《やしき》への宅配はケータリングの注文に繋《つな》がることが多く、一件あたりの取引額が大きい。仕事の話となれば逃がす手はない。

ところが……馬車が向かったのは、宰相邸ではなかった。

立派な邸《やしき》だ。王宮にほど近い場所にあり、敷地も広大である。

馬車を下りた桜子を出迎えたのは――金の髪が美しく波打った、大層ゴージャスな雰囲気の美女だった。

「こちらパヴァア様。シュルムト様のお母様よ」

サヤにそう紹介され、桜子はこの一幕のタイトルが、『嫁と姑《しゅうとめ》の初対面の巻』であることを知った。

「初めまして、サクラ様」

相当に手入れのよいアラフォー女性だ。シュルムトは年より落ち着いて見えるので、二人は姉弟で通るだろう。よく似ている。

婚約に際してシュルムトは、「なにもしなくていい」と言っていた。

だが、日本文化に照らし合わせれば、真に受けるところではないのは言うまでもない。

「は、初めまして……」

なんとかしぼりだした声は、上ずってしまった。

「大丈夫、取って食ったりしないから。ほんとは、絶対に貴女に会うなって、あの子にキツく言われてるの。ひどいと思わない？　産みの親に対して」

パヴァがそう言ったので、桜子も腹をくくった。ここは先に頭を下げるが勝ちだ。

「これまでご挨拶《あいさつ》もせず、申し訳ありませんでした。婚約の儀では王宮へも伺ったのですが……」

「あら。いいのよ、気にしないで。私、王宮の行事、全然出てないから。シュルムトに聞いてない？　さすがに葬儀くらいは出るけど、他はまったく関わってないの」

どうやら『不義理な嫁』として出頭を命じられたわけではないらしい。

「じゃあ、先日の式典にもいらしてなかったんですか？」

「そ。あの子の父親に嫌気がさして、私は王宮を飛び出したの。で、今は兄が継いでるこの実家の邸《やしき》で暮らしてるわ。商売もしてるから、王都を離れてることも多いの。シュルムトだって同じ。あの子も王宮には寄りつかないわ。……あぁ、そちらのこともなんとなく聞いてるから安心して」

「すみません……」

「謝らないで。私は、サクラ様みたいな方があの子と一緒になってくれたら大歓迎よ。私の兄も貴女のことが大好きなの。南区の復興の鮮やかさに惚《ほ》れたって。仕事でなかなか王都には来られないんだけど、シュルムトとの話が出る前から、是非会いたいって何度も言ってたのよ」

サヤが笑顔で「シュルムト様の伯父様は、ロウト様とおっしゃって貿易商をされてます」と言葉を添えた。

「こ、光栄です」

「お話ししたいのは、小麦の輸入の件なの。王都全体としてもね、食糧の備蓄に取り組むべきだって話は出てるのよ。なにせ今国境を脅《おびや》かしているのは、あのベルーガの連中なんだから」

ベルーガ連合国は、ラシオン平原を拠点にする複数の騎馬民族が集まった国だ。

マサオから聞いた限りでは、モンゴル草原の遊牧民族にイメージが近い。幼い頃から馬の上で育った、裸馬《はだかうま》を乗りまわすような猛者《もさ》ぞろいだという。

嵐のような勢いで攻め寄せ、石造りの都市を囲む。彼らは、折り畳み式の兵舎を携帯しており、食糧は略奪で調達する。長期の包囲も平気でやってのけるので、籠城《ろうじょう》する側が音《ね》を上げる他なくなってしまう。降伏と共に始まるのは、徹底的な略奪だ。

ベルーガ軍の動きが最も活発なのは、小麦の収穫が終わり、作物の収穫の続く夏から秋にかけてだという。――まさしく、今だ。

応接間に桜子たちを案内しながら、パヴァは続けた。

「国も、一応動いてはいるの。でも、効率が悪くて、目標の量に達するまで数年かかりそうって話よ。馬鹿みたいよね、まったく。――それで、南方の小麦を兄が輸入することにしたの。国から要請があったわけじゃないわ。そのくらいしてくれたら可愛げもあるんだけど。あのタヌキ爺《じじい》、こっちが申し出たのをわざわざ断ってきたんだからどうしようもないわよね。今は派閥がどうとか言ってる場合じゃないのに。だから、輸入の件は兄と私とで個人的に行ってることなの」

パヴァは怒りを滲《にじ》ませていった。タヌキ爺《じじい》、というのは、恐らくアガト公のことを示しているのだろう。シュルムトも古ダヌキと呼んでいた。

「輸入の量は、どのくらいの規模なんですか？」

「今確保できているだけで、二千ロン」

勧められた椅子に下ろした腰が、浮きそうになる。二千ロンの小麦粉といえば、おおよそ、王都民すべての食糧を数ヵ月賄《まかな》える量だ。

「それ、どうやって……いえ、輸入の可能性は私も調べたんですが、どこの国も制限があって、大口の輸入はできなかったんです」

機械や農薬のない世界では、どんなに豊かな国でも自国の民の腹を満たすのがせいぜいで、余剰の小麦などそうそうないものだ。輸出量の制限もある。

「あちこち駆けずり回ったの。苦労したわ。それでね、問題は貯蔵場所なのよ。——なんとなく、話が見えたかしら？」

パヴァが笑顔で言った。

南区に、集めた小麦粉を預けたい、と言っているのだ。

「エテルナ神殿の倉庫に、五百ロン収納できます。保存の条件の整った倉庫は他にもありますので、南区全体で千五百ロンまでお預かりできます」

穴が開くほど紙面で見た数字だ。桜子は淀《よど》みなく言った。

「じゃあ、来月頭までにまずは千ロン預けるわ。よろしいかしら？　――謝礼に預けた小麦のうち、四百ロンを差し上げるわ」

聞き間違いかと思った。四百ロンの小麦粉。南区の人口を来年の夏まで支えられる量だ。

いくらパヴァが貯蔵場所に困っていると言っても、小麦粉を預かる謝礼にしては大きすぎる。

「すみません。そのお話、こちらが受ける利益が大きすぎる――と思うんですが……」

「えぇ。私も兄も、そこは織り込み済みよ。南区の経営状態もおおよそ把握しているわ。その上での申し出だと思ってもらえるかしら」

「じゃあ……」

なんのメリットがあるというのだろうか。

「貴女に、賭《か》けてるの」

パヴァは、紅い唇をニッと三日月の形にした。

「私に――？」

「正確に言うと、貴女を得た息子に」

パヴァの笑顔に、小麦粉の件で舞い上がっていた桜子の身体は、一瞬で冷えた。

「条件を……伺ってもよろしいですか？」

これは商売ではない。政治の話だ。

「差し上げたものは好きに使ってもらって構わないわ。孤児院に寄付してもいいし、軍に提供してもいい。籠城《ろうじょう》になった時、炊き出しに使うのもいいんじゃないかしら？」

「それはパヴァ様の名前でされた方が――」

「あら。そちらの方が私に利がある、と言っているのよ。貴女にとっても悪い話じゃないでしょう？　私、貴女となら上手くやっていける気がするわ」

パヴァは整った爪の美しい手を差し出した。

――シュルムトを王位に就《つ》けるために、手を携《たずさ》えたい。そういう意味だ。

「……よろしくお願いします」

桜子は、覚悟を決めて握手を返した。

その時応接室の入り口で家宰《かさい》の男性が「公妃様、シュルムト様がお戻りでございます」と告げた。

(帰ってきたんだ！)

まだ婚約の儀から二ヵ月も経っていないはずなのに、ずいぶん長い時間が過ぎた気がする。

桜子は慌てて席を立ち、玄関に向かう。

そこにシュルムトがいた。

「シュルムト！」

声をかけ、駆け寄ろうとした足が途中で止まる。

驚いた。目をパチパチとさせながら、シュルムトの姿を上から下まで見る。これまで見てきた彼とは、異なるビジュアルをしていた。まず、ヒゲが生えている。髪も伸びている。着ているものも、都護軍《とごぐん》の制服ではない。これが国軍の制服なのだろうか。ファンタジー映画に出てくるキャラクターにしか見えない。

「サクラ。お前、どうしてここに……」

「無事でよかった。お疲れ様」

姿を見、声を聞いたことで無事を確認できた。ホッとして、桜子はようやく笑顔でシュルムトに近づいた。

ところが――

「来るな」

「え？　なに？」

「いいから来るな。すぐに帰れ」

いきなりの拒絶に、桜子は戸惑った。

「あぁ、お帰りなさい、シュルムト」

笑顔でパヴァが応接室から出てきた。サヤも続いて挨拶《あいさつ》をする。

シュルムトは二人の顔を見て、苦虫を噛み潰したような顔になった。

「……母上。余計なことをするな」

「どうせ会いに行くつもりだったんでしょう？　お膳立てしてあげただけじゃない」

並んでいるだけでキラキラ輝くような美形母子の会話を遠目に見ているうちに、シュルムトは桜子には目を向けず「湯を使う」と奥に行ってしまった。

パヴァがくるりとこちらに向き直り、にっこりと笑《え》んだ。

「ごめんなさいね、無愛想で。ずっと国境詰めだったから臭《くさ》いのよ。あれで気をつかってるみたい。

気を悪くしないで」

「無事だとわかって安心しました。じゃあ、倉庫の件もありますし、私はこれで失礼します。今日はありがとうございました」

礼を伝えて帰ろうとした途端、素早くパヴァとサヤに道を塞《ふさ》がれた。それぞれに趣《おもむき》のある美女たちは、揃うと迫力がある。

「私たち、これから『中央区婦人会』の会合がございますの」

「シュルムトは休暇だっていうのに、話相手もいないんじゃかわいそうじゃない？」

ここに残れ、という意味のようだ。

迫力に負け、桜子は「わかりました」と返事をするしかなかった。

貴婦人たちを見送り、桜子は応接室に戻る。

(気まずいなぁ……シュルムト、機嫌悪かったし)

シュルムトは、形ばかりとはいえ婚約者だ。お互いに目的を持って縁を結んだ唯一無二のパートナーでもある。これまで彼との関係は、良好なものだと認識していたのだが――

シュルムトの方は違ったのかもしれない。

あの様子から察するに、今日帰ることを桜子には知られたくなかったのではないか――とも思う。

(もしかして、恋人のところに行く予定でもあった……？)

婚約の話を持ちかけてきた時、シュルムトは桜子に恋人の有無を確認している。だが、桜子はシュルムトの心の在り処《あ か》など知らない。

（……帰った方がいいのかな）

応接室の中をうろうろしているうちに、シュルムトが戻ってきた。

もうヒゲはなく、髪も短くなっている。白いシャツを着ているのは珍しいが、見慣れた姿だ。

「――お帰り」

シュルムトは応接室に桜子以外がいないことを確認し、渋い顔をする。

「お前がいるとは思っていなかった」

「あぁ、ごめん。お茶会に誘っていただいたの」

シュルムトはテーブルの上のワインを手酌《てじゃく》でグラスに注ぎ、呷《あお》った。

「……サクラ。今日は帰れ。また連絡する」

これからシュルムトが誰に会いにいくのか知らないが、逢瀬の相手など知りたくない、と思った。

ここはさっさと逃げるに限る。

「了解。ほんとごめん、邪魔して」

「謝るな。母が勝手を言っただけだ」

「うぅん。いろいろよくしていただいて感謝してる。……じゃ、お疲れ様」

桜子はシュルムトを大きく迂回《うかい》して応接室を出た。

――得体の知れないモヤモヤしたものが、胸の中に凝《こご》っている。

玄関のところで男性が「申し訳ございません、ただ今馬車が出払っておりまして」と申し訳なさそうに言った。

「歩いて帰りますから、お気づかいなく。――ラシュアさん、帰ります」

桜子は外で待っていたラシュアに声をかけ、足早に外に出た。

中央区のなだらかな階段を、逃げるように下りていく。

「サクラ！」

桜子を名前で呼ぶ人は多くない。振り返ると、後ろから馬に乗ったシュルムトが追ってくるのが見えた。

「……なに？」

「馬車まで動かすとは、我が母ながらよく頭を回したものだ」

「『中央区婦人会』だって言ってた」

「中央区婦人会？」

「うん。お二人とも、それに参加するって、急いでおでかけになったよ」

馬を下りたシュルムトは、複雑な顔をして小さなため息をついた。

「……商売のこと以外は真に受けるな。母はお前のような女が本当に嫁にくればいいと無責任にはしゃいでいるだけだ。――乗れ」

シュルムトが腕を差し出す。

桜子は、その腕とシュルムトの顔を交互に見て、首を横に振った。

「歩いて帰るよ。気をつかわないで。忙しいんじゃないの？」

「サクラ。いいから、来い」

その、いかにも面倒くさい、とばかりの言い方にムッとする。

「いいってば」

「黙ってろ」

「うわ！　ちょ！　なにすんの！」

シュルムトは桜子の身体を担ぎ上げて、馬に乗せた。

「無駄口を叩くな。黙ってしがみついていろ」

すぐにシュルムトも馬に乗り、不安定だった桜子の身体を支えた。

「なにその言い方。こっちだって気をつかってるの！　わかんない？　彼女のとこに行くなら、遠慮なんてしないでいいったら！」

桜子は後ろを振り向いてシュルムトの顔を睨《にら》もうとした。しかし片手で「前を向いてろ」と阻《はば》まれる。

「飛ばすぞ」

「ダメだってば！　落ちる！」

「イヤなら黙ってろ」

桜子は、会話を諦めた。

シュルムトは、斜め後ろにいるラシュアが走らずに済む程度のスピードで馬を歩かせ、スロープを下りていく。

パヴァの邸《やしき》は王宮に近い場所にあり、王都が一望できた。

王都の塀の向こうの畑も、その向こうの山も。

「ブドウ園でも見えるのか？」

突然シュルムトが、脈絡もなければデリカシーもないことを言いだした。

「黙ってろって言ったのはそっちじゃない」

「そうだったな。……悪かった」

（なんなの、一体！）

桜子は不機嫌な顔で黙る。

ふと見れば、シュルムトの姿を見た人々が胸に手を当て、頭を下げていた。

シュルムトは国を守るために都護軍《とごぐん》から国軍に移籍した。このことは都民にも広く知られていて、彼の人気は日に日に高まっているのだ。

王都の人たちの前では、理想のカップルでいなければならない。

仏頂面から微笑みに切り替える。そして胸の高さで手を振ることで人々の敬意に応《こた》えた。

「明日、昼過ぎに迎えに行く。密談に向いた場所を探しておいてくれ」

事務所の前で桜子を下ろすと、シュルムトはすぐに帰って行った。

（……なんか、失敗したっぽい……）

シュルムトとの思いがけない接触が、失敗に終わったことはわかる。だが、なにが悪くて、どうして上手くいかなかったのか、桜子にはさっぱりわからない。

男女交際に関するあらゆるスキルが絶望的に低い自覚はある。キャリアもなければ自信もなかった。

学生の頃、恋人がいたことはあるものの、期間も短かったし、楽しい思い出もない。恋人の機嫌が悪い時は、息を殺してやり過ごすのが常套《じょうとう》手段だった。なんとかフォローしようとしてかえって事態が悪化したことも一度や二度ではなかった。

「マニュアルがあればいいのに……」

なにをどうすれば、シュルムトとの間に良好な関係を保つことができるのか。正解がほしい。

桜子はため息をつきつつ、事務所に戻った。そして、すぐにパヴァの提案を実現するための準備にかかる。王子様との関係に比べれば、事務仕事の方がずっと楽だった。


翌日、シュルムトが事務所に来た。

もう不機嫌そうではない。いつも通りの様子であることに、ひとまず安心する。

桜子は事務所を出て、シュルムトをエテルナ神殿の地下の貯蔵庫に案内した。

「その辺に座って」

ここならば、人に話を聞かれる心配はない。棚もなく、木箱がいくつかあるだけなので、物が落ちてくる恐れもない。

木箱の上に座るように勧める。それから桜子の方は、シュルムトから、電車の席で四人分程度の距離を隔《へだ》てて座った。

「なんだ、この距離は」

「近づくなって言ったのそっちでしょ」

「……昨日の話だ」

「いや――うん、でも、いいよ。誰も見てないんだから、恋人のフリとかする必要ないし」

特に意味のないやりとりを経て、話が始まった。

桜子はまず、シュルムトが王都を後にしてから得た情報をまとめて伝えた。

久太郎に関わることはマサオ経由でシェアしてある。この場で伝えるべきは塔に関わることだ。

「やっぱり、二年半――もう三年前か。あの時、儀式はあったんだと思う。私たちが来た時、エテルナ神殿の祭殿はからっぽだった。ブラキオさんがその前にご神体を渡してるの。――礼金を受け取ったって言ってた。祭りの後にご神体は戻ってきていて、今はちゃんとあったよ」

「――確かか」

「うん。それに、森本さんは塔に上ってる。隠す気ないみたいで、自分で言ってた。そこで、久太郎さんと話したって。――森本さんが来たときの話は、マサオさんから聞いてるよね？　森本さんは『君たちにはまだ無理だ』『自分は帰ることができる』って断言してた。それが本当なら、塔に上るだけじゃ帰れないってことだと思うの。だって、森本さんは三年前に塔に上ったのに、まだ王都にいるんだもの。帰る条件を聞きたかったんだけど……塔が警告してきて――」

「お前、塔の警告を受けたのか？」

シュルムトの顔色が変わる。

「うん。それに邪魔されて、一番重要なことが聞けなかった」

「――怪我はなかったか。無事だな？」

立ち上がり、シュルムトは桜子の身体を確認するように見た。その表情は真剣だ。

「大丈夫だったよ。ラシュアさんが守ってくれたし、ガルドさんも来てくれたから」

「……無茶はするな」

桜子が頷くと、シュルムトは座っていた木箱に戻って腰を下ろした。

「うん、もうしない。それで――森本さんは日本人同士、足を引っ張り合いたくないって言ってきたの。あの人が言うには、神官も王位の継承権のある人と同じで、次点の人も『儀の間』に立てるはずだって。知ってた？」

「いや。……しかし、ありそうな話ではあるな。神殿の序列は祭りの折に次点まで発表される」

森本も神殿の序列の話はしていた。恐らく、意味のあることに違いない。

「ブラキオさんに確認したら、お布施《ふせ》の額は今年次点に食い込めるはずだって言ってた」

「――問題はどこまでヤツの言葉を信じるかだ」

「私もそう思う。なにをどこまで信じていいのかわからない……」

これまでの森本の言動から想像するに、桜子を騙《だま》すくらいのことは平気でするだろう。

「なんにせよ、その条件というのは難問だな。塔に上って条件を知り、条件を満たしてから再び塔に上る――二度の機会が必要だ、となると厄介だぞ」

「最低でも二回って……厳しすぎるよ」

「俺が、お前を塔に連れていってやれるのは最大で――かつ、強い幸運に恵まれた場合でも二回が限度だ。『立太子の儀』と、『即位の儀』。今年の祭りの前に、仮に不幸があったとして――今のままではハラートが王太子になるだけだが、もし状況が変わっていれば俺が王太子になる可能性も、ないわけではない。それでやっと一回だ。その後もう一度塔に上るとなると、もう一度不幸が起きた上に翌年を待つことになる」

王と王太子が二人とも、同じ年の祭りまでに死亡すれば、『立太子の儀』と『即位の儀』は同時に行われてしまう。そうなれば、桜子が塔に上るチャンスは一回きりになる。

二度、塔に上がることが必要条件ならば、達成は運に大きく左右されることだ。

「――森本さんの言い方だと、『条件を満たしていない』って、すぐにわかることなんだと思う。それがなにかさえわかれば、一度で済むかもしれない」

森本は一度塔に入ってそれを知り、その後条件を満たした。だから、彼は自信を持って自分は帰ることができる、と言い切れたのだろう。

情報さえ手に入れば。――しかし塔の警告が怖い。命あっての物種《ものだね》だ。

もどかしさに、桜子は唇をぐっと噛む。

「サクラ。――お前がこちらに来た時の、儀の話をしておきたい。いいか？」

「あ、うん。大丈夫」

床を見ていた視線を、シュルムトに戻す。

彼の表情はひどく硬かった。――聞く方も、それなりの覚悟が要《い》りそうだ。

「祭りの話から始めるが――祭りの四日目に、各神殿は一年の間に集まった布施《ふせ》の一部を王宮に運ぶ。一年、というのはその年の祭りの四日目から翌年の三日目までを意味する。その場で額は明らかになるゆえ、そこで神殿の序列が二位まで決まる。その年の最高位となった神殿の神官が、五日目に各神殿からご神体を集めて回るのだ。そして、ご神体はあの『儀の間』に運ばれる。『立太子の儀』もしくは『即位の儀』が行われるのは、七日目――最終日の夜だ」

桜子は、エテルナ神殿にいた時に、神殿の帳簿を見たことがある。たしかに、年度ではなく祭りの四日目から、翌年の三日目まででまとめられていた。いかにも半端で、当時は不思議に思ったものだが、今になって理由がわかった。神殿にとっては祭りが年度末のようなタイミングなのだろう。

「ご神体は、毎年集めるわけじゃないんだよね？　神殿の序列は決まっても、儀がある時以外はそのままなんでしょう？」

「あぁ。儀以外の目的でご神体を集めることはない。三年前、我らの知らぬ間に儀は行われたのだろう。そして――お前は祭りの終わった翌朝にエテルナ神殿にいたのだな？」

「うん。――目が覚めたのが朝だっただけで、いつからいたのかはわからない」

目覚める直前に移動したのではないはずだ。身体がひどく痛かったのを覚えている。

「宰相も、俺も、三年前の祭りのことはよく覚えている。恐らく、王都の誰もが記憶していよう。あの日の祭りの六日目に、鐘が三度鳴ったからだ」

――三度。七度は慶事。三度は弔事《ちょうじ》。

「誰か、亡くなったの？」

「王太子だ」

桜子は混乱した。王太子、というと現国王の孫で、シュルムトとは従兄《いとこ》にあたるアロンソという王子のはずだ。――病床にはあるが、存命だと聞いている。

「……あれ？　王太子様はご病気だって聞いてたけど……」

「結論だけ言えば、王太子は蘇生《そせい》したのだ。だが、一時呼吸が止まり、同時に鐘は鳴った」

「あ。じゃあ、塔が勘違いしたってこと？」

あの鐘を塔が鳴らしているならば、塔がそう判断した、ということだ。

ドラマや映画で見かける、心電図がフラットになった状態を、塔が『死』と判断したならば誤認も理解できる。

「そういうことだ。それゆえ、王宮は騒ぎの中にあった。直前まで健康で、王都の祭りにも顔を出していた若き王太子が、突如倒れたのだからな。――以来、王太子は床《とこ》に入ったままだ。言葉を紡《つむ》いだこともない。静かに呼吸を繰り返すばかりだ」

桜子は首を傾げた。今の話はそのまま咀嚼《そしゃく》できない。

――順番が、おかしい。

「……ちょっと……待って。森本さんがご神体を集めたのが、五日目。直前まで元気だった王太子様が倒れたのが六日目。――私が来たのが、七日目が明けた朝……」

王太子が倒れる直前まで元気だったのならば、儀は行われるはずがないのだ。それなのに、ご神体は王太子が倒れるより前の段階で集められていたという。

それは――何者かが儀を起こすことを目的に、王太子を害したことを示唆《しさ》しているのではないだろうか。桜子は寒気を覚えて、自分の身体を抱きしめた。

「アガト公が毒を盛った――という噂がある」

「……ひどい」

「モリモトは塔に上りたい。アガト公は我が子を王太子位に就《つ》けたい。――あの当時の状況では、妻を娶《めと》ったばかりのハラートが圧倒的な優位に立っていたからな。ついでに政敵であった王太子も始末できる上に、ニホンに帰ったモリモトの富が手に入る。都合よく全員の利害は一致していたわけだ。――王太子は蘇生《そせい》し、結果としてハラートの立太子は成らなかったがな」

――日本に帰るためならなんでもする。私から家族を奪わないでくれ――

森本の悲痛な叫びが、脳裏をよぎる。

あまりに理不尽だ。日本での暮らしを取り戻すために、塔はどれだけの代償を求めるのだろう。

「……なんで……」

堪《こら》えてきた言葉が、ふいに漏れた。

なんで？　どうして？　桜子はこの三年近く、どれだけ空しい問いを繰り返してきただろう。

「サクラ。我らは核心に次第に迫っている」

「なんで私たちだけ、こんな目に遭わなきゃいけないの？　なにもしてない！　フツーに、真面目に日本で生きてただけなのに！　勝手に攫《さら》ってきておいて、帰ることに条件つけるってどういうこと？　しかも条件をシェアさせないとかひどすぎる！　どうせそこらで聞いているんでしょう!?　脅しなんてかけなくっても、帰り方を教えてくれたら黙って帰るから！　私たちを帰して！　日本に帰して！　今すぐ！　なんだってするから……！　だから、帰して！　母に会わせてよ！」

桜子は立ち上がり、虚空《こくう》に向かって叫んでいた。

「落ち着け。――サクラ」

シュルムトの手が、桜子の肩に置かれる。

桜子は、シュルムトの胸にすがって泣いた。

「悔しい……！　こんなワケわかんない連中に人生壊されてるなんて……！　悔しい！　悔しい！」

「自棄《やけ》を起こすな。叫んだところで、なにも変わらん」

その通りだ。それでも、この理不尽への怒りは収まらない。

「悔しい……」

泣いて、泣いて――ポタポタと顎《あご》から伝う涙が、シュルムトのシャツを濡らしているのに気づいた。

額《ひたい》を胸につけ、シャツを握りしめた格好だ。腰の辺りの撓《たわ》んだ部分が水浸しになっていた。

「……ごめん」

「今のうちに泣いておけばいい」

シュルムトの言葉は、優しかった。

その優しさに甘えているうちに、少しずつ心が落ち着いてくる。

（……あれ？）

落ち着いてくるにつれ、桜子は今の自分の状況に強い違和感を覚えはじめた。

なにかしらの越権行為をしている――ような気がする。

これは恋人のフリの範疇《はんちゅう》を越えてはいないだろうか。そもそも、周囲には誰もいないのだ。

シュルムトは桜子にギリギリ触れないように空間を残しつつ、腕を回していた。きっと、指一本触れない、と婚約を持ちかけてきた時に誓ったからだろう。

律儀な人だ。その遠慮が、かえって気恥ずかしい。

そうと意識した途端、やっと落ち着いたはずの鼓動が、また忙《せわ》しなく跳ねだす。

そして、額《ひたい》ごしに伝わるシュルムトの鼓動が、とても速いことに気がついた。

(――マズい)

ドクン――と胸が大きく高鳴る。

「し、失礼しました！　今のなし！　忘れて！」

桜子は、思わずシュルムトの胸を、ドン！　と押した。

(なにこれ。なんでこんな展開に⁉)

シュルムトは「参ったな」と真意の知れないコメントを呟いている。

「座ってくれ。いい機会だ。話をしよう」

「い、いいえ、結構です」

桜子はじりじりと距離を取り、壁際まで下がった。

「いいから、聞け。俺はお前を――」

「ちょっと待って！　言わないで！　っていうか、なに言う気なの！」

シュルムトと桜子の関係は、あくまでも利害で結びついたもののはずだ。

そうあるべきだ。それが正しい。

「落ち着け。なにもしないし、なにも起こりようがないことを確認するだけだ。その態度で婚約者として振る舞えるのか？　互いのために必要な会話だ。――座ってくれ」

「わ、わかりマシタ」

あくまでもシュルムトは冷静だった。

桜子も、動揺を鎮《しず》めようとした。

突然おかしなスイッチが入ってしまったような感覚だ。これまでと同じ態度で振る舞えるか、と問われても、諾《だく》と自信をもって答えることができない。

桜子は最初に座っていた木箱に座り、シュルムトは、先ほどより更に離れた場所にある木箱に腰を下ろした。

「俺は、生まれながらの王族だ。以前も同じ話をしたが、条件の合う、塔が認めた妻を迎えることを、自分の運命として受け入れている。――感情は後からついてくるものだ。共に国を思い、手を携《たずさ》え、力を合わせて王族としての務めを果たすうちに生まれてくる感情もあるだろう。そこに疑問を持ったことはない」

「……ハイ」

生まれる前から見合い結婚を運命づけられた人が、『そういうものだ』と思うのはごく自然だ。

至極まともな話である。

「お前との婚約を、塔は認めた。俺が国を守るためには、お前の協力が要《い》る。お前にとっても、俺はニホンに帰るために必要な存在だ。その点から、この王都で、お前ほど俺を案じている者はいない。――それが利害ゆえにしても、俺のことを必要としている。そのような相手になんの感情も抱くな、というのは無理な相談ではないか」

「……ごもっともデス」

桜子はシュルムトの言葉に同意を示した。

唯一無二のパートナーとして過ごすうちに、桜子への感情が変化した――とシュルムトは言っている。

桜子もそれは理解できる。彼に対して、以前よりも親しみや好意をもっていることは事実だ。

「俺も男だ。身一つで異界に放り出された女に頼られれば心も揺らぐ。留守の間不安にさせていると思えば不憫《ふびん》に感じる。泣いていれば涙を拭《ぬぐ》ってやりたいと思う。――お前にも、多少はあるだろう？　仮初《かりそ》めとはいえ婚約者だ。情が移ったところで罪とは呼べまい」

「まぁ……うん。そうだね。否定しないよ」

「だが、それだけだ。だから、俺は国境から帰ってすぐにお前に会いたくはない。間違いがあっては困るからな。――振り切るものは、互いに軽い方がいい」

やっと話が着地を迎えた。

まとめると、シュルムトが言った通り「なにもしないし、なにも起こりようがないことを確認するだけ」の話だった。進むべき道は互いに決まっている。交わることはない、という結論が揺らぐことはないのだ。

「よくわかった。了解」

たしかに、互いに多少の好意を持つことは避けがたい関係である。相手のことを思うのも当然だ。ここは意地を張るより認めてしまった方が楽に違いない。

今の会話のおかげで、これまで通り振る舞えそうだ。おかしな態度を取ってしまったことを謝って、桜子も話をまとめようと思った。

ところが――

「俺が誰にどんな感情をもっていようと、お前が気にする必要はない。俺も、お前がブドウ農家の倅《せがれ》を思っていようと、気にはしない」

シュルムトは最後の最後で、自分のまとめた話を綺麗にひっくり返した。

「ちょっと」

――カチンときた。桜子は思い切り眉を寄せてシュルムトを睨《にら》む。

「……気にはしていないと言っている」

「だから！　大きなお世話だって言ってるの！　なんなの、一体、昨日といい今日といい。たしかに彼に好意はあったよ。でもどうにもなってないし、なりようもなかったし、もう終わったの。蒸し返さないでよ。そっちこそ、彼女がいるなら遠慮せずに会いにいけばいいじゃない！」

「そんなもの、いるわけがないだろう」

「聞いてないから言わないで。別にいるならいるで、黙っててくれればそれでいいよ」

「塔に認められた婚約者のいる身で、他に女など作るか」

「やめてよ！　誰もいないこんな場所で、恋人のフリは要《い》らないでしょう？　嫉妬《しっと》の真似事《まね》なんて止《よ》して！」

桜子は逃げるように倉庫を出ると、そのまま階段を駆け上がった。

（なんなの、あの男！）

奥宮《おくみや》の事務所に飛び込む。

「……なんかありました？」

そこに瀬尾がいた。来《きた》る儀に備えて神官に戻った瀬尾は週二で神殿勤務をしている。

「やってられない。つきあってもいない元彼みたいな人のこと、いつまでもネチネチいじってくるのってなんなの？　自分はさんざん遊んできたくせに！」

憤懣《ふんまん》やる方ない。桜子は事務所の椅子にどっかりと腰を下ろした。

――まるで、痴話喧嘩《ちわげんか》だ。

まるきり嫉妬《しっと》しているかのようだった。シュルムトは、桜子とミホの関係に。桜子はシュルムトのいるかいないかわからない恋人に。

「コメント要《い》るならしますけど」

「……いえ、結構です」

自分で自分の言葉を反芻《はんすう》し、猛烈に後悔する。

「俺が言うことでもないですけど。――絆《ほだ》されないでくださいよ？」

わかってるよ、と八つ当たりのように言って、桜子は奥宮《おくみや》の事務所を出た。

シュルムトと顔を合わせるのは嫌だったので、神殿の周囲を遠回りしてから階段を下りた。ラシュアは、そんな桜子の行動になにも言わず、距離を置いてついてくる。

（なにやってんだろ、私。シュルムトと喧嘩してる場合じゃないのに……）

なんとしても塔に上がらねばならない。そのためにはお互いが必要なのだ。

——謝るべきか、とも思った。しかし、それも違う気がする。

どちらが悪いという話でもない。今回のいざこざは、感情の誤作動のようなものだ。

勾配《こうばい》を下りると、喧噪《けんそう》と人混みに包まれる。

にこにこ商店街は、これからちょうど混みあう時間帯だ。終業の早い職人たちが、月の湯を目指してやってくる。

「サクラ様。御機嫌よう」

「少将様が、ご無事にお戻りになったとか。ゆっくりお過ごしになってくださいね」

道ゆく人に声をかけられ、桜子は曖昧《あいまい》な笑顔でやり過ごした。

事務所に戻り、まっすぐ自分の部屋に入る。

（さすがに、あの別れ方はマズかったかも……後味悪いし）

桜子は一度ベッドに座り、すぐに腰を上げた。

（いや、でも下手なフォローならしない方がマシかもしれない……）

座ったり、立ったり、歩き回ったりを一通りした後、桜子は扉の前にいたラシュアに尋ねた。

「……ラシュアさん。シュルムトが国境に戻るのって、いつなんですか？」

「明日、昼前には出立されるそうです」

ふだん、ラシュアは表情を変えることがない。ただその時は少しだけ、優しい表情をしていたような気がした。

桜子は夜のうちにパンを焼き、朝においしいパンを仕上げた。そして、パヴァの邸《やしき》に向かう。

ちょうど、玄関の扉からシュルムトが外に出てくるところだった。

見送ろうとしていたパヴァが桜子に気づき、満面の笑みで「じゃ、いってらっしゃい」と言って、使用人たちを連れて扉を閉める。

昨日シュルムトが不機嫌だった理由が、やっとわかった。彼の母は、桜子たちが恋愛関係になることを望んでいる。

絆《ほだ》されないでくださいよ、と瀬尾は釘を刺していたが、桜子が絆《ほだ》されることを期待する人もいるのだ。

「……よかったら食べて」

桜子は、パンの包みを差し出す。

受け取ったシュルムトは、困り顔になった。彼にしては珍しい種類の表情だと思う。

いろいろと伝えた方がいいような気もしたが、やめておいた。また喧嘩になっては台無しだ。

シュルムトが拳《こぶし》を胸の高さに上げた。桜子はそこにコツンと拳をぶつける。

少しだけシュルムトが笑《え》んでいるように見えて、桜子も同じ程度の笑みを浮かべた。

「行ってくる」

「いってらっしゃい」

紆余曲折《うよきょくせつ》はあったものの、こうして笑顔で送り出せることを嬉しく思った。

「手紙を書く」

「うん。――身体に気をつけて」

ひらりと身軽に鞍《くら》に跨《また》がり、桜子の婚約者は再び国境へと戻っていった。

＊　＊　＊

夏のはじめに雨が続くこの期間を、王都では霧雨《きりゅう》と呼ぶ。

雨音が、事務所の中にも聞こえてくる。

シュルムトが休暇を終え国境に戻ってから、一ヵ月近くが過ぎていた。

この間、桜子はシュルムトと手紙のやり取りをしている。

彼から届いた手紙には、『次は日本語でなにか書いてくれ』とあった。そう言われると、なかなかに書く言葉が見つからない。なんとか手紙の最後に『お元気ですか？』とだけ書いて送った。

それ以前に受け取った手紙もそうだったが、シュルムトは近況を一切書かない。

なにかあればパヴァを頼るよう、だとか、暑くなってきたので身体に気をつけろ、だとか。こちらを心配する言葉ばかりが書いてある。

こちらが尋ねずとも、無事だ、の一言くらいは、あってもよいのではないだろうか。桜子がどれほど案じているか知らないわけではないだろうに。

窓の外の雨の音を聞きながら、桜子は小さなため息をつく。

「なんだ、サクラ。恋わずらいか？」

相変わらずデリカシーのないことを言ってきたのは、いつものごとく事務所にいたマサオだ。

「なにもわずらってません。始めてください、マサオさん」

「そうか。では、始めよう。書面を見てくれ」

これから始まるのは、青鷹団《あおたかだん》のミーティングだ。

事務所には副団長を務めるトラントの他、十数名の青鷹団のメンバーが集まっている。

このところ多忙なウルラドは青鷹団の集まりに顔を出すことが減り、代わりにマサオが先頭に立つことが多くなった。

「知っての通り、ベルーガ軍の動きは速い。国境の守りを突破されれば、四日で王都に迫る。そのため、ウルラド議員は再三にわたり、城外地域住民の王都への避難計画を進めるよう元老院に求めてきた。だが、ついぞ実現しないままだ。間もなく開戦という声も聞こえてくる今、我らが動く必要が出てきた」

マサオの説明を、一同は黙って聞いている。

「城外地区の避難に関して、前王朝の時代に作られた法はあるが、百年以上前のものだ。そのまま適用することは難しい。そこで、こちらで実現可能な形に見直した。それが手元の書面だ。これを使わずに済むことを祈っているが、いざという時にはこの区割りで避難計画を進めていく。――ここまで質問は？」

ありません、と桜子は手ぶりで示す。

「よし。では次だ。サクラ。契約農家の避難計画について報告を頼む。――皆、にこにこ商店街の避難計画を参考にしてもらいたい」

桜子は立ち上がり、一礼してから説明を始めた。

「にこにこ商店街の契約農家は三十世帯八十九名です。名簿を作成し、避難先の有無などの聞き取りを始めています。これからの時期は収穫、ものによっては早期収穫が必要になりますので、こちらも聞き取りの上で必要な人員を派遣し、収穫した作物は、すべて商店街で買い取ります。臨時の作業には、孤児院の少年たちと、東区の就労志望者の方にお願いする予定です。また、避難後に入居してもらう空き家の割り振りと避難期間中の就業計画も進めています」

おぉ、と青鷹団《あおたかだん》の面々から声が上がる。

いいですか、と瀬尾が手を挙げ、桜子に並んで立ち上がった。

「南区では、契約農家の他に、あと百人程度の避難が可能です。それと、南区のエテルナ神殿の丘に鶏小屋を作る計画もあるので、担当区に大規模な養鶏家がいる際はご一報ください」

桜子たちが話を終えて座ると、マサオが後を引き取った。

「今、学習館の学生諸君が、名簿を作成中だ。そちらが完成し次第、にこにこ商店街を範《はん》にして計画の準備を進めてもらいたい。質問があればサクラとイチゾーに聞いてくれ」

はい、と青鷹団《あおたかだん》の面々が返事をする。

彼らからいくつかの質問が出て、桜子たちは丁寧に答えた。

そのうち雨があがり、青鷹団のメンバーが帰っていく。

「青鷹団のメンバー、ずいぶん増えたね」

事務所に残っていたトラントに、桜子は声をかけた。

「ありがたいことに、志願者は続々と増えております」

「人手がないと避難だって大変だものね。——でも、こういうのって、やっぱり国がやるべきなんじゃないの？　いくら私たちが頑張っても、人数に限りもあるし……」

桜子がそう言うと、トラントは困り顔になり、横にいたマサオが人差し指を唇にあてる。

「サクラ。政道への批判は控えてくれ。君は還俗《げんぞく》したとはいえ、依然、都民にとってはエテルナの巫女《みこ》だ。生臭い話は禁忌《きんき》だぞ」

「すみません。……気をつけます」

桜子の教育係ともいうべきサヤからも、度々政治への興味はほどほどに、と忠告を受けている。

だが、気をつけているつもりでも、つい口から出てしまうことがある。

「これから王都も騒がしくなる。なにせ、前王朝の時代まで遡《さかのぼ》っても、一度として対外戦争を経験しとらん国だからな。なにが起きるかわからん。君には聖女の役回りが求められるのだ。言動にはくれぐれも気をつけてくれ。——あぁ、そう言えば、聞いているか？　ハラート王子の件」

「いえ？　なにかあったんですか？」

尋ねた後で、桜子はハッと息を呑んだ。

（まさか……）

――ハラート王子の妻が懐妊《かいにん》した、とでもいうのか。

もしそうだとすれば、シュルムトの王位は遠くなる。それは即《すなわ》ち、桜子や瀬尾が帰る条件が絶望的に悪くなる――ということだ。

マサオの言葉を待つ数秒、桜子は生きた心地がしなかった。

「昨夜、大門前で騒ぎがあってな。ハラート王子が門を開けろと大声で叫んだそうだ」

（あぁ、びっくりした！）

ふっと身体の緊張が解ける。帰ることができるできないに比べれば、お騒がせ王族のスキャンダルなど、大した話ではない。

「大門って、頼めば夜でも開けてもらえるんですね」

「いや、無理だ。国王であろうと、元老院全員の同意が得られねば夜間に開けることはできない。――ハラート王子は蛮族《ばんぞく》の侵攻を前に、己《おのれ》の妻を王都から密《ひそ》かに逃がそうとしたらしい。深夜に大声で名乗りを上げ、『誰がどれだけ死のうと我が妻だけは助けてみせる』と宣《のたま》った」

アトリエに移動しながら、瀬尾が「それ、密《ひそ》かにできてないよな」と言っていた。

「……誰がどれだけ死のうと……なんて、結構思い切ったこと言う方なんですね」

なかなか言えることではない。日本の大臣ならば、首が飛ぶだろう。

「酒で何度も失敗している男だ。今回も同じだろうな。衛兵が一人重症だ。負傷者も出ている。今頃、古ダヌキが子ダヌキの失態に舌打ちをしていることだろう」

ひどい話だ。桜子は眉をひそめざるを得なかった。

結局、朝になってから、ハラート王子の妻であるミーファ王妃の馬車は王都を出ていったそうだ。

このフライングは王都に混乱をもたらし、以降、貴族たちの避難が相次いでいるらしい。

王都の空気の質は、変わりつつあった。国境では一触即発《いっしょくそくはつ》の状態だという。

――戦争の足音は、間近まで迫っていた。


「槇田さん。マサオに呼ばれたんで、ちょっと出てきます」

「あ、いってらっしゃい」

瀬尾は、最近よくマサオに便利づかいされている。外出が増えた。

事務所で瀬尾を見送った直後、窓からなにかが投げ込まれた。赤い紙だ。

桜子はそれを握り、奥の納戸に向かう。

森本のスパイが事務所にいなくなった今でも、白バラ団の活動は秘密裡《ひみつり》に続いているのだ。

「狐《きつね》」

「ウドン」

「狸《たぬき》」

「ソバ」

「雉《きじ》も鳴かずば」

「ウタレマイ」

暗号を確認し、桜子は窓から顔を出す。そこにはガルドがいた。

「お疲れ様です、ガルドさん」

「おぅ。忙しいのに悪いな」

「いえ、ガルドさんこそ。南区に残ってもらえて本当に助かってます」

開戦が秒読みとなってから、西区から傭兵が姿を消したと言われている。戦争は、傭兵稼業の晴れ舞台だ。護衛の類《たぐい》とは報酬も桁違《けたちが》いらしい。

白バラ自警団を構成する傭兵崩れの面々はともかく、現役のガルドは戦争に行ってしまうものだと皆が思っていた。しかし、彼は南区に残ることを選んだ。気の滅入《めい》るニュースばかりが続く中、どれほど心強かったか知れない。

「手前で決めたことだ。礼なんぞいらねぇさ。──それより、モリモトの件だ」

「……なにかありました？」

「ヤツも他の貴族連中と一緒に逃げたみてぇだ。ダシュアンにじゃねえ。センタークだ」

ダシュアンは温泉が近く、風光明媚《ふうこうめいび》な土地だ。王都から逃れた貴族の避難先では最もメジャーな場所でもあった。

「センターク……。ずいぶん離れてますね」

ダシュアンには森本の妻子がいるはずだ。あえて同じ場所は避けたということだろうか。海沿いのセンタークと内陸にあるダシュアンでは、移動に馬車で数日かかる。

「あぁ。そこまで手前の女房とガキを疎《うと》んじるってのも、ひでぇ話だぜ。――まぁ、そういうわけで、しばらくヤツの心配は要《い》らねぇだろ」

ガルドは、これから巡回だ、と言って帰っていった。

――なぜ森本は、そうまでして妻子を避けるのか。

(振り切るものは、軽い方がいい――ってことなのかな)

ガシュアード王国の人たちと関われば関わるだけ、しがらみは生まれる。いずれ帰るということが決まっているならば――きっと、森本のやり方が正しいのだろう。

「そうは言ってもなぁ……」

納戸の床にしゃがみこみ、ため息をついた。

桜子は、にこにこ商店街を愛している。スタッフたちは大事な家族だ。

ブラキオたちも、パヴァやサヤも、ウルラドやマサオも――シュルムトも。大切な人だと思っている。

もう一度ため息をつき、部屋に戻った。

机の上には、今日シュルムトから届いた手紙が置いてある。

――今宵《こよい》の月は綺麗だ。

書いてあったのは、相変わらず近況の伝わらない文章だった。

その夜は私室の窓から月を見た。輪郭のくっきりした明るい月を、桜子は綺麗だと思った。そこに彼がいればきっと口にして伝えただろう。

——月が綺麗だね、と。


青鷹団《あおたかだん》の避難計画に先行して、にこにこ商店街では独自の避難計画が進んでいる。

小麦の収穫は終わっていたが、他の農作物は、これからが収穫の本番だ。

桜子は、孤児院の子供たちや東区の人を雇って収穫の手伝いを依頼し、着々と計画を進めていった。


目が回るほど忙しい。

そんな日々の中、シュルムトが王都に帰ってきている、とラシュアに聞いた。

帰ってはいるが会議続きで、休暇の最終日まで顔を出せない、と言伝《ことづて》をもらう。

——倉庫での密談から一ヵ月半が経ち、季節は夏に移っている。

シュルムトが訪ねてきた時、桜子はエテルナ神殿の奥宮《おくみや》で作業中だった。

「忙しそうだな」

「お帰り！　ちょっと待ってて。今行く」

倉庫に木箱を運んでいたスタッフたちが、手を止めてシュルムトに頭を下げる。

「気にせず続けてくれ。——これを運ぶのか？」

「いいって！　疲れてるんでしょう？」

「会議続きで身体が鈍《なま》った」

シュルムトは、ひょいと木箱を担いで、倉庫の階段を下りていった。中に入っているのは、早期収穫をした根菜類だ。畑に作物を残せば、敵兵の腹を満たすことになる。小ぶりなものばかりだが、背に腹は代えられない。

国軍の英雄の参加に、他のスタッフたちは俄然《がぜん》張り切り、すぐに木箱は片づいた。

「皆さん、お疲れ様でした！　食堂に食事を用意しているので、ゆっくり休んでいってください！」

桜子は臨時スタッフたちに礼を伝えてから、シュルムトを神殿の丘に誘った。

「商店街の避難計画は順調に進んでいるようだな。マサオ殿が高く評価していた」

「おかげさまで。パヴァ様からいただいた小麦粉がなかったら、資金難で頓挫《とんざ》してたよ。もう、中央区に足向けて寝れない」

「……足？　どういう意味だ」

「すっごく感謝してるっていう意味」

バスケットに入れたワインとグラスを持って、丘を下りる。

途中で「あの辺りがいいか」とシュルムトがある場所を示した。そこは、たしかに参拝客の通る階段からも遠く、秘密の話も気兼ねなくできる、座るにもちょうどいい岩場もある――あの呪いのスポットだった。

この国で初めて迎えた祭りでミホと過ごし、マサオが転がってきて、瀬尾が泣きながらシュルムトとの婚約を依頼してきた場所だ。

次の祭りがくれば丸三年、この国にいることになる。これまで歩んできた道のりが、ふいに懐かしくなった。

思い出の詰まった場所で、今、桜子は婚約者とワインを飲んでいる。

シュルムトは桜子の顔を見て「変わりないか？」と尋ねた。

「お前の手紙は素っ気なくていかん。達者にしている、くらいは書いてくれ」

まさかの苦情だ。桜子はここぞとばかりに言い返す。

「シュルムトこそ、あの手紙なに？　元気なのかどうか、全然わかんないんだけど」

「筆を執《と》れる程度には、達者だとわかるだろう」

「それしかわかんないじゃない」

「お前の手紙も、まったくわからんぞ」

二人で苦情を言い合って、少し笑った。

「――無事でよかった。でも、すぐ戻るんでしょう？」

「あぁ。夜明けに発《た》つ。――膝を貸してくれ」

「膝？」

突然の言葉に意味がわからず、聞き返した。桜子にはわからない王国語の慣用句かと思ったのだ。

しかし、すぐにシュルムトがごろりと桜子の膝に頭を――それこそ呼吸をするように自然に――のせたので、そのままの意味だとわかった。

神殿に向かう参拝客の姿が、視界に入る。

恋人のフリをするつもりのようだ。桜子はシュルムトの行動を理解した。

仰向けになったシュルムトの目の中に雲が映って、小さな空ができる。

彫りの深い顔。綺麗な色の瞳。こうして改めて見ると、日本語を流暢《りゅうちょう》に話していることに違和感を覚えざるを得ない顔だ。

ふと、桜子はこの青年が歩んできた道のことを知りたくなった。

「シュルムトは、なんで王様になりたいの？」

「なんだ。今更だな」

シュルムトは寝転がったまま、小さく笑った。

「ちゃんと聞いたことなかったなと思って」

「財政難。軍との軋轢《あつれき》。国が抱える問題を改善し得る為政者《いせいしゃ》ならば誰でもよい。ただ王位継承者の中で、俺が最も『ちょうどよい』場所にいるというだけだ」

「それだけ？」

もう少しヒーローらしい動機があるのではと期待していたので、肩透かしをくらった気分だ。

「今は、お前を帰すために力を尽くすと誓った以上、俺でなければならんと思っているが――そういう問いではないようだな。お前が政治に興味を持つとは思っていなかった」

むくり、とシュルムトは身体を起こした。

「シュルムトは私が政治のこと聞くの嫌でしょう？　マサオさんにもサヤさんにも、止められてる」

「まぁな。好ましくはない」

シュルムトはワインを飲み、南区の街並みに目をやった。

「じゃあ、いい。首つっこんで迷惑かけるのも嫌だし」

「俺は、お前が戻った後のためにならんと思っているだけだ。いずれ去る土地に、あまり深く関わらない方がいい。商店街との関わりだけでも重かろう。より重い関わりを、新たに持たせるのは酷だと思っている」

——振り切るものは、軽い方がいい。シュルムトが言っているのはそういうことだ。

「……ありがと」

思いがけない優しさに触れ、桜子は素直に礼を伝えた。

「しかし、多少の情報はあった方がいいのかもしれんな。かえって深入りせずに済むかもしれん」

「ちょっとだけ、簡単に聞きたい」

シュルムトはワインを飲み、グラスを置いてから話し始めた。

「簡単に言えば、王太子——今はアロンソ殿と呼ぶが、彼《か》の人が、今の『コヴァド派』の源流だ。俺の父親のコヴァド公や宰相は、アロンソ殿と志《こころざし》を同じくしていた。——アロンソ殿は、よき為政者《いせいしゃ》となり得る高い志をお持ちの方だった。アガト公は外交で失策を重ね、軍に失望されている。国と軍の関係を修復すべく、アロンソ殿は奔走されていた。しかし三年前に倒れて以来、関係は逆戻りどころか悪化の一途だ。国軍は、アガト公優勢の元老院とは対立が続いている。このまま戦《いくさ》が始まれば、国が危うい。——だから、俺はその橋渡しのために国軍に入った」

桜子はワインを一口飲みつつ、頭の中で話を咀嚼《そしゃく》した。

「……ちょっとわかった。ざっくり言うと国軍と元老院が対立していて、それぞれの代表が、コヴァド公とアガト公ってことだよね？」

「派閥の理解はそれで構わんが、実際はそう単純でもない。国軍は必ずしもコヴァド派ではないからな」

「そうなの？　でも、コヴァド派は国軍の味方だったアロンソ様の考えを継承してるんじゃないの？」

「俺は都護軍《とごぐん》中将だった男だ。『都護軍の回し者』がいきなり将官になったことを、面白くないと思う者も多い。都護軍は貴族の子弟らで固められた軍だからな。国軍とは犬猿の仲だ」

シュルムトの目は、遥か遠くを見ている。

「でもシュルムトは国軍の味方でしょう？」

「王族はすべて同じ穴の貉《むじな》と思う者もいる」

「なんか……大変そうだね」

外敵から国を守るだけでなく、自分を敵視する軍もまとめなくてはいけない。――簡単なことではないだろう。

「まぁな。楽ではない。だが、国が滅びる前に誰かが成さねばならぬことだ。この痛みは、俺の痛みであって、俺だけの痛みではない。王族の中で俺よりも剣の腕に秀でた者はおらぬ。俺よりも速く長く馬を駆る者もいない。十分な理由だ」

「……そっか」

誰でもいい、とシュルムトは言っていたが、その言葉には重さがあったのだ。

シュルムトの横顔を見つめているうちに、桜子はその顔色があまりよくないことに気づいた。日に焼けただけではない。少し、痩《や》せただろうか。

「アロンソ殿が王位に就《つ》くことは残念ながらあるまい。あっても王として機能はせぬ。次代を担うのは、アガト公の子のハラートか、コヴァド公の子の俺か。俺は、己《おのれ》が王にならねば国が滅びる――と思うがゆえに王位を狙っている。――質問の答えになったか？」

「うん。よくわかった。――疲れてるのに、話してくれてありがとと」

「……疲れたな。さすがに」

そう言って深く吐いたシュルムトの息は、ひどく重かった。

「――どうぞ」

桜子は自分の膝を叩いた。シュルムトは小さく笑う。

「少し休ませてくれ。肉づきは悪いが、寝心地は悪くない」

「ほっといてよ」

「悪くない、と言っている」

驚いたことに、シュルムトは桜子の膝に頭をのせると、すぐに眠ってしまった。

よほど疲れていたのだろう。

「お疲れ様」

小さく言って、桜子は暫《しば》しシュルムトの枕になることにした。

プラチナブロンドが、陽を受けてキラキラと輝いている。大型のネコ科の動物みたいだ、と思ったことが何度かあるが、また同じような感想を持った。

そっとその髪に触れる。色は淡いが、触れると硬い。

きっと桜子は日本に帰っても、にこにこ商店街で過ごした日々を忘れないだろう。

このキラキラした王子様と、婚約者として時間を共有したことも。

帰るまでの数ヵ月、あるいは一年、二年先。それまで桜子は、シュルムトのパートナーだ。

シュルムトの人生の記憶にも、きっと桜子のことは残るのではないだろうか。

せめて彼の記憶の中では、よきパートナーでいたい。

この国の人々にも、かつてこの国のために働いた東方出身の女がいた——と覚えていてもらいたい。あの王宮の書庫にあった、膨大な文字の片隅にでも残れたらいい。そんなことを思った。

フッと、シュルムトが目を覚ます。

多少驚いて、桜子は手を引っ込めた。

「……おはよ」

「よく寝た。世話になったな」

寝たといっても、十五分程度だったように思う。シュルムトは身体を起こして、まだ少し残っていたワインを飲んだ。

「眠い時とお腹空いてる時と、あと身体が冷えてる時はマイナス思考になるって言うし。膝くらい、いつでも貸すよ」

「そうか。それは一理ある」

「母がよく言ってた。落ち込む前に、眠くないか、お腹空いてないか、寒くないか確認しなさい。それで落ち込みの半分は解消するはずって」

「なるほど。では、賢者の言に従って、今日は風呂にでも浸《つ》かるか」

カゴを持って立ち上がったシュルムトは、桜子に手を差し出す。

「ご飯は？　食べていける？」

その手を取って桜子は立ち上がる。

立ち上がった後も、手は握られたままだった。

「せっかくの休暇だ。王都の名物を食べて帰りたい。甘えるとしよう」

仮眠を取る前よりも、シュルムトの顔色はよくなったような気がする。心なしか表情も柔らかい。

「最近、香粉《こうこ》を使ったメニューが流行ってるの。——そうだ。新しいケーキも……」

そう言いかけて、ふっと記憶が蘇《よみがえ》った。

初めて森本に会った時だ。桜子が出したケーキを見た彼は、懐かしい、と言った。そして妻に食べさせたい、包んでくれ、とミリアに頼んだのだ。

妻と暮らさず、子供の顔も見ない。森本の選択は、いずれ帰る者として正しいように見える。けれど——あの森本でさえ、いつでも正しかったわけではないのかもしれない。

眼下には南区の街並みが広がっている。

白亜の美しい建物。グレーの石畳。そして——賑《にぎ》わうにこにこ商店街。

「どうした？」

なんと美しい風景だろう。

——振り切るものは、軽い方がいい。

まったくその通りだと思う。

「うぅん。なんでもない」

だが——手遅れだ。

エテルナ神殿で目覚めてから今日まで、この南区が桜子の家だった。

もう桜子はこの世界を、心から愛してしまっている。

パートナーに対する感情も、以前とは違ってしまった。

「落ち着いたら、ダシュアンの近隣にあるカントに招こう。温泉のある保養地だ」

「いいね、温泉。ゆっくりしたい」

振り切ることだけは決まっているのに、振り切るものは日に日に重くなっていく。

ただ南区の街並みは美しく、シュルムトの手はとても温かかった。

＊　＊　＊

そして——戦《いくさ》が始まった——とマサオが報《しら》せたのは、七月の初めの頃だった。
春から繰り返されていた、国境での小競り合いが激化。そのまま交戦状態に突入し、遅れて宣戦が布告されたという。

『いつかくる』

『開戦は目前だ』

そう、言葉では聞いていたし、準備もしてきた。それでもいざとなると、身体が竦《すく》む思いだ。

――数日が、不安のうちに過ぎていった。

桜子は、商店街のスタッフたちと会話をするよう心がけている。仕入れ行脚《あんぎゃ》の馬車に乗り、避難計画の進捗《しんちょく》を確認がてら、農家を一軒一軒回って話をするように努めた。

こんな時こそ、浮足立ってはいけない。

そして――開戦から、十日余りが過ぎた。

「皆さーん。お疲れ様です！　お昼にしましょう！」

おいしいパンをいっぱいにつめたカゴを抱えて、桜子はエテルナ神殿の北側の丘に向かった。

あの、桜子がこの王都に来てから、様々な思い出を望むと望まざるとにかかわらず刻んできた北側の丘は、今や鶏小屋の立ち並ぶ場所になった。

今日は鶏小屋の増築をするべく、エテルナ神殿の丘に有志が集まっている。

作業をしていた数人の青年が顔を上げた。青鷹団《あおたかだん》のメンバーだ。

「あぁ、マキタ様。恐れ入ります」

青鷹団《あおたかだん》副団長のトラントが爽《さわ》やかな笑顔で近づいてきて、桜子が持っていたカゴを代わりに持った。ふだんは身ぎれいにしている彼だが、今日はシャツにも頬にも土がついている。

「お疲れ様。急な増築だったのに、もう完成しちゃいそうだね」

「クロス伯のお知恵があればこそです。――おい。皆。休憩にしよう。マキタ様が、食事を運んでくださった」

笑顔で青年たちが寄ってくる。彼らもトラントと同じように、汚れたシャツで顔の汗を拭《ぬぐ》っていた。最近になって入団した青年たちも、最近はすっかり日に焼けた顔になった。

「マサオさーん！　瀬尾くーん！　ご飯ー！」

桜子は手を振って、二人を呼んだ。

北区の職人見習いの少年たちに指示をしていたマサオと瀬尾が、同時にこちらを見た。

肩に材木を担いでいたガルドたちも集まってくる。

岩場に腰かけ賑《にぎ》やかにランチタイムを過ごしていると、マサオが桜子の隣に移動してきた。

「サクラ。パリサイ神殿の神官長から連絡があった。神殿の裏手に家畜小屋を作っても構わないそうだ。あの丘は緩《ゆる》やかで環境もいい」

東区のパリサイ神殿、と言えば、初代クロス伯がいたという神殿だ。

「近々、お礼を申し上げるついでに、私が丘の様子を見て参ります。エテルナ神殿の牛小屋は手狭ですので、少し分散できるとよいのですが」

トラントが言ったので、桜子も「私も行く。直接お礼を言いに行きたいし」と手を挙げる。

「できれば鶏小屋も――」

ゴーン……

「あ……」

桜子は、ハッと顔を王宮の方に向けた。――あの鐘の音だ。

美しい瑠璃《るり》色の瓦《かわら》の、王都の中央にそびえる王宮の塔が、なにかを報《しら》せようとしている。

固唾《かたず》を呑んで、続く鐘の音を待った。

ゴーン……

三回は弔事《ちょうじ》。七回は慶事。

ゴーン……

三回、鐘は鳴り――

そして、それきり静かになった。

病身のユリオ三世。同じく病身の王太子。どちらかが、亡くなったのだろう。

（亡くなったんだ……）

まるで、人の鼓動が止まりゆく瞬間に立ち会ったような感覚だ。

あぁ、と誰かの嘆く声が聞こえた。

その場にいた桜子と瀬尾以外の人たちは、胸に両手を交差するように当て、膝をついて城の方に頭を下げ始める。

死を悼《いた》む仕草なのだろう。桜子も倣《なら》って、王宮に向かって頭を下げた。

ずいぶんと長い時間、そうしていた。

マサオが最初に立ち上がる。

「サクラ。君は神殿で支度をするといい。コヴァド公妃が迎えを寄越すだろう」

「マサオさんは葬儀に出ないんですか？」

「我々は後日、追悼式に出席する。葬儀は身内のみでするものだ」

丘を下りてくるブラキオの姿が見える。桜子は駆け寄った。

「マキタ様。急ぎお戻りを。お仕度をして迎えをお待ちください」

「わかりました。すぐ行きます」

にこにこ商店街の事務所にいたシイラとイーダが、神殿に駆けつけ支度を手伝った。

『婚約の儀』の時と同じように正装に着替え、迎えの馬車を待つ。

シイラの説明によれば、葬儀までは各々が自室で祈りながら過ごすものらしい。

奥宮《おくみや》の応接室で待つうちに、迎えが来た。シュルムトと婚約中の桜子が住むべき場所は、パヴァの邸《やしき》だ。そちらに移動する必要がある。

馬車を下りて邸《やしき》に入ると、ギリシャ神話の女神のような出で立ちのパヴァが待っていた。

「葬儀は明日のお昼からですって。いつもはもうちょっと時間を置くものなんだけど、今回は他国からの弔問《ちょうもん》はご遠慮いただくことになるからパパッと済ましちゃうみたいね。部屋は用意しておいたわ。使ってちょうだい」

パヴァはそう言って、二階に続く階段を示した。

「あの、パヴァ様。亡くなられたのって――」

「王太子のアロンソ様よ。お悪いことは、ちょっと前から聞いてたんだけど――残念だわ。食事は部屋に運ばせるから、しっかり食べておいて。明日は葬儀が終わるまでなにも食べられないのよ。――しきたりだから、私は部屋に戻るわね」

パヴァは早口に説明を終え、部屋に戻っていった。

桜子も用意された部屋に入り、そこで静かに一夜を過ごした。

――翌朝、沐浴《もくよく》と支度を終えて部屋を出る。

階下に、正装をまとったシュルムトの姿が見えた。

「シュルムト、戻ってたの？」

「葬儀を済ませて、すぐに戻る。……事前に報《しら》せを受けていた。葬儀が終わるまでは、声を潜《ひそ》めて話してくれ。それがしきたりだ」

そう説明したシュルムトの顔色は悪く、疲労が滲《にじ》んでいる。国境から王都までは五日かかると聞いていた。危篤《きとく》の報《しら》せを受けて駆けつけたのだろうか。

「さ、行きましょう」

奥から出てきたパヴァに促《うなが》され、桜子たちは馬車に乗った。

外の門をくぐったところで馬車を下り、次の門を歩いて抜け、王宮に入る。

王宮の中は静寂に包まれていた。今日は人がいないわけではない。人が行き交《か》っているのに、誰も声を発していないのだ。

まっすぐ王宮の奥にある大きな堂へ案内された。

十字架こそないが、教会の礼拝堂のような雰囲気の場所だ。

桜子はシュルムトの隣に座り、高い場所にある棺《ひつぎ》を見つめていた。

棺の周りは、花で囲まれている。

黙って待っていると——

白いローブ姿の神官たちが微《かす》かな衣擦れの音を立てて現れ、祭壇に上がった。あの『儀の間』で会った男と区別のつかない格好をしている。

そして彼らは、なにやら、呪文のようなものを唱えはじめた。

自動翻訳機も、意味は拾えないらしい。

讃美歌を聞いているような気分だ。

神官たちは、呪文を唱え終えると静かに去っていく。

最後は列席者全員が席を立ち、両手を交差して胸に当て、深く頭を下げた。

——これで終わったようだ。

人の流れに合わせて、堂から出る。

ユリオ三世の姿はなかったが、この参列者の中にはシュルムトの父親のコヴァド公もいるはずだ。アガト公もいるのだろうか。

「埋葬まで、控え室に戻って待つ」

囁《ささや》き声で言うシュルムトに頷きで返事をし、人の流れに従って二階へ向かう。

「なんだ。蛮族《ばんぞく》の女がなぜ迷い込んだ？」

突然、上から大声が降ってきた。

栗色の髪の青年が、こちらを見下ろしている。

「――構うな」

シュルムトが耳元で言ったので、桜子はその青年から目をそらした。

蛮族《ばんぞく》というのが自分を指していることはわかる。だが、戸惑いが先にきて腹を立てる余裕はなかった。

「髪の黒い女が王妃の座に就《つ》こうとは、片腹痛い。人気とりもここまでくれば滑稽《こっけい》だな」

「たいがいにせよ。ハラート。故人への祈りの場を穢《けが》すな」

シュルムトが、青年の名を呼んだ。ハラート。――シュルムトのライバルともいうべき王子だ。

眉の太い、精悍《せいかん》な印象の青年である。しかしその顔は赤く、この距離でも酒の臭いがした。

「シュルムト！　蛮族《ばんぞく》どもとせいぜい楽しく戯《たわむ》れておけ！　流れ矢には気をつけろよ？」

「貴様もな。ブドウ酒には気をつけるがいい」

捨てゼリフに捨てゼリフで返し、シュルムトは桜子の手を取ってハラートの脇を通り過ぎた。

(なんなの、あれ！)

案内された控え室に入り、桜子はソファにふくれっ面で座った。

「すまなかったな。会わせるつもりはなかった」

シュルムトは、声を潜《ひそ》めるでもなくそう言った。

「もう喋《しゃべ》っていいの？」

「葬儀は終わった。部屋の中であれば構わん。――控え室の外では、王宮を出るまで声は潜《ひそ》めてもらいたいが……要は、塔の連中への遠慮だ」

——人の声を嫌う。『儀の間』でシュルムトから聞いたのを覚えている。

ふう、と桜子は息を吐いた。多少、緊張が緩《ゆる》む。

「——あんな感じ悪い人が、王様になるかもしれないなんて」

解放感に任せて、桜子は不機嫌な声でそう呟いていた。

「そうした不満は口にせぬ方がいい。無用の敵を作る」

「……わかってるけど」

日本への帰還がかかっているので、桜子個人はシュルムトが王位に就《つ》くことを心から望んでいる。だが、それを抜きにしても、二人の王子のうち王座に相応《ふさわ》しい方、と問われれば、迷わずシュルムトを指すだろう。

シュルムトは窓辺に腰かけ、外を見ていた。

「——長く苦しまれたが……アロンソ殿が昨夜まで命の火を灯《とも》してくださったおかげで、俺にも王位の可能性が見えた。彼《か》の人の掲げた志《こころざし》を継ぐことで、せめて報いたいと思っている」

アロンソが三年前、毒を盛られたまま亡くなっていれば、ハラートが王太子になっていたはずだ。床《とこ》の中でとはいえアロンソは王太子の地位をその後三年保った。この間にシュルムトやその周囲は力をつけ、王太子位に迫ろうとしている。

志《こころざし》は理不尽に潰されたが、その魂だけは、受け継がれようとしているのだ。

シュルムトの王位への道を用意した最大の功労者は、王太子であったとも言えるだろう。

「この国の人は、死んだらどこに行くの？」

桜子はソファから離れ、シュルムトの座る窓辺に並んで座った。

「王族の墓は王宮の奥にある。どこへも行きはしない。この王都を守り続ける」

自分の身にも日々恐怖が迫っているからこそ、よくわかる。

国を守ろうとする無私の奉仕が、いかに尊《とうと》いものであるか。

桜子は王太子を知らない。けれど、シュルムトが偽りの婚約をしてまで国を守ろうとしたように、アロンソも今ここにいれば、国を守るために励《はげ》んでいたのではないか――そう思った。

「――急いでらしたのかもしれないね。王都を守らなくちゃいけないから」

どうして軍を立て直し、国を守ろうとした王太子が、未来を奪われねばならなかったのか。

儘《まま》ならぬ現実を思うと、目に涙が浮かんだ。

「そうだな。――きっと、そう思われたのだろう」

シュルムトがハンカチを差し出した。礼を言って受け取り、涙を押さえる。

涙が溢《あふ》れてくる。桜子の背を、シュルムトの大きな手は優しく撫《な》でていた。

――程なく案内を受け、王宮の奥まった場所に向かう。

埋葬を見届けるのだ。

コヴァド公らしき人物の他、アガト公と思われる――なるほどタヌキ、と呼ばれるに相応《ふさわ》しい容姿の――男性の姿も見えた。

埋葬の場に神官たちの姿はなかったが、讃美歌のような呪文がどこからともなく――恐らくは塔の方から聞こえている。

棺《ひつぎ》が穴の中に置かれ、土がかけられた。

埋葬を待つ間、口を開く者はいない。

王太子の志《こころざし》と無念を知る者はただ静かに祈り、彼を害した者たちもまた、黙していた。

埋葬を終えると、シュルムトは桜子を連れてすぐに馬車に乗り込んだ。

「パヴァ様、置いてきて大丈夫だった？」

「気にするな。別れて暮らしてはいるが、不仲でもない。夫婦で過ごすはずだ」

邸《やしき》に戻るとすぐに、沐浴《もくよく》をするよう勧められた。

葬儀の後は、そうするものらしい。

順に沐浴を終えると、シュルムトはテーブルに用意されていた食事を勧めた。

「ブドウ酒と、果実を先に摂《と》るといい。現世《うつしよ》と幽世《かくりよ》の者を隔《へだ》てるための、儀式のようなものだ。これで終わる」

昨夜からなにも食べていないので、さすがに空腹だ。

果物を口にすると、より自分の空腹を実感した。

美味しい。

果実の甘味が舌を刺激する。生きているのだ――と実感が湧く。

たしかに、現世《うつしよ》と幽世《かくりよ》を隔《へだ》てるのに相応《ふさわ》しい行為なのかもしれない。

食事を終えた後で、シュルムトは「話がある」と言った。

二階の部屋に案内された。――シュルムトの私室らしい。

王子様の私室にしては、ごくシンプルな部屋だった。

机の近くには本が並び、羊皮紙《ようひし》や紙も積んである。学生の机と言われた方がしっくりくるような雰囲気だ。

「座ってくれ」

「ありがと」

桜子は二人がけ程度の小ぶりなソファに腰を下ろし、シュルムトは自分の机の椅子に座った。

ワインが運ばれてきて、ソファの前のテーブルに置かれる。

「俺が死んだら――」

突然の言葉に、桜子は、ギョッとしてグラスを取ろうとしていた手をひっこめた。

「や、やめてよ。縁起でもない」

「大事な話だ。聞いてくれ。ジュウド殿と俺の父親にも話はつけてある。お前たちを塔に連れていくために必要なことは、すべて俺が生きていた時と変わらぬように――」

「やめてってば！」

叫ぶような声で、桜子はシュルムトの言葉を遮《さえぎ》っていた。

――耐えられなかった。

シュルムトが戻っていくのは戦場だ。

敵はベルーガ兵だけではない。アガト公にとって、シュルムトは目の上のコブだ。流れ矢に見せかけた矢を受けないとも限らない。毒を盛られる心配もつきまとう。

――婚約の儀が成った時、桜子はシュルムトの心配を少しもしなかった。

大丈夫だ。この人は王になる人だから――そう思っていた。

けれど、今はそうではない。

いかに神々に愛されていようと、この青年は生身の人間だ。傷つきもし、疲れもする。迷いもすれば、苦悩もするはずだ。斬れば血が出る。刺されば命を失う。

「サクラ――」

シュルムトが、立ち上がって桜子の前に跪《ひざまず》く。

「帰ってきてよ。……お願い。死なないで」

「サクラ。違う。徒《いたずら》に命を軽んじるつもりはない。だが、俺が死んでも――」

「私たちのこと使い捨てにしないって言ってくれてるのは、わかるよ。信用してる。でも、そうじゃなくて……お願い。帰ってくるって約束して。――王様になるんでしょう?」

シュルムトの手が、桜子の手を包む。

「……あぁ。そうだ」

「貴方は王位に就《つ》いて、私は帰るの。――貴方が、私を、塔に連れていって」

冷たい土の中から、守ってもらいたいわけではない。

この温かく大きな手で、塔に導いてほしい。

「――泣くな」

こんな時に、泣くなと言う方がおかしい。

花に包まれた棺《ひつぎ》。神官らの呪文。――そして、土に眠る棺。あれがもし、シュルムトだったら――そう思っただけで、涙が止まらない。

けれど、シュルムトがここにいられる時間は限られている。桜子はシュルムトに借りたハンカチで顔を覆《おお》って、なんとか落ち着こうと努める。

「……話って、それだけ？」

「話――というほどでもない。一つ頼みがある」

桜子は、涙を拭いて、顔を上げた。

「なに？」

「あと一刻で出立する。それまで――傍にいてくれ」

そんなこと、わざわざ頼まなくてもいいのに――と言おうとした言葉が、やはり涙になった。

少し震える声で、桜子は「どうぞ」と自分の膝を叩く。

「礼を言う」

シュルムトはごろりと横になった。

仏壇も神棚もない家で育った桜子には、祈るべき神仏はない。

けれど今、この世界に来てから、何度も呪いもしてきた神様のようななにかに、桜子は祈っていた。

――どうか、この人を無事に返してください。

そう祈っている間も、涙は溢《あふ》れる。

いつ自分が眠ったのか、気づけなかった。

ハッと目を覚ますと、桜子はベッドの上にいた。

シュルムトが扉の前に立っている。桜子が寝ている間に出て行くつもりだったのかもしれない。

「――いってらっしゃい」

桜子が声をかけ、立ち上がった。

シュルムトが振り向き、戻ってくる。

こんな時、本当の婚約者ではない桜子には、シュルムトを抱きしめることもできない。

――自分たちは戦友なのだ。抱擁《ほうよう》で別れを惜しむ仲ではない。

桜子は、拳《こぶし》を胸の高さに上げた。

「……必ず戻る」

シュルムトは拳《こぶし》をぶつける代わりに、桜子の拳をぎゅっと両手で包んだ。

そして、三度呼吸をする間、蒼穹《そうきゅう》の色の瞳で桜子を見つめた後、部屋を出ていった。

第三章　五十六日戦争の英傑《えいけつ》

開戦以来、王都の空気は変わった。

ピリピリとした緊張感が緩《ゆる》むことがない。

瀬尾は、マサオの工房で弩《ど》の研究に駆り出されるようになった。

これが完成すると特殊な訓練を受けていない者でも――マサオは『非力なイチゾーでも』と言っていた――弩《ど》を扱うことができるようになるという。

ウルラドは連日元老院の会議に出席し、この危機を乗り越えるべく戦っているそうだ。

桜子はその日、中央区の宰相邸にいた。宅配のパンを届けるためである。

「マキタ様もお忙しいでしょうに、わざわざありがとうございます」

「いいえ。サヤさんにもお会いしたかったから、代わってもらったんです。お気づかいなく」

サヤと四方山話《よもやまばなし》をするのも目的の一つではあったのでそう言ったものの、実際にここ商店街は多忙を極めていた。

商店街では、独自に契約農家の避難計画を進めている。避難に先がけての早期の収穫、在庫の買い取りなどで、人手が足りないのだ。

こんな時こそ助け合いたい。ついでのあった桜子は、宰相邸にパンの宅配をすることを申し出たのだった。

　庭から、声が聞こえる。

「青鷹団《あおたかだん》の方たち、いらしてるんですね」

「えぇ。最近、志願者が増えて、すっかり大所帯になりましたの。頼もしいことです」

　サヤは窓ごしに庭を見た。先月からパンの注文が倍に増えたのは、それが理由だったようだ。

　風向きが変わったのか、カーテンがふわりと揺れ、話の内容が聞こえてきた。

「――もともとは、アガト……いや、彼《か》の人が領地で失敗したのが発端だったはずだ」

「まったくその通り。実際、彼《か》の人が……」

（……アガト公のこと話してる……）

　最近は、頭にその名が浮かぶだけで腹が立つようになった。

　都民を圧迫する為政者《いせいしゃ》が、どうして幅をきかせているのか、桜子にはさっぱりわからない。

「マキタ様。少々失礼致します」

　ウルラドの弟たちの家庭教師が帰るようで、サヤが見送りに出ていった。

　桜子は庭に続く大きな窓に近づく。するとトラントがこちらに気づいて挨拶《あいさつ》をした。

「マキタ様、ごきげんよう。話に夢中でご挨拶《あいさつ》が遅れました」

　トラントは仲間たちに断ってから中に入ってきた。いつも爽《さわ》やかな印象の青年である。

「ね、さっき皆が話してたのって、アガト公のことだよね？」

　サヤは桜子が政治に興味をもつのを好まない。とはいえ、やはり気になるものは気になる。今はちょうど席を外しているので、トラントに尋ねる好機だと思った。

「……申し訳ございません。つい熱が入り過ぎました」

「ちょっとだけ教えてほしいの。……アガト公って、元老院の中でも、支持者の多い方なんだよね？　領地の運営に失敗しても、それは変わらないの？」

「それは――あぁ、お帰りなさいませ、ウルラド様」

トラントの答えあぐねて泳いだ目が、一点を見て安堵《あんど》したように細くなる。

振り返ると、ウルラドが颯爽《さっそう》と応接室に入ってきたところだった。

たまには浮腫《むく》むか、多少の肌荒れくらいしてもよさそうなものだが、相変わらず背景にバラが見えるほどの貴公子ぶりだ。

「マキタ様。お会いできるとは思っておりませんでした。私は今、この世で最も幸運な男だ」

「お疲れ様。パンをお届けしたついでに、トラントと話してたの」

「それは妬《ねた》まし……いえ、羨《うらや》まし……いえ……お邪魔をしてしまいましたか？」

笑顔のまま不穏な言い間違いを繰り返しつつ、ウルラドは無難なところに着地していた。

「ウルラド様」

トラントがウルラドに近づいて、小声で説明した。「彼《か》の人にご興味をおもちのようで……」と言ったのが桜子の耳にも入った。

失敗した。周囲の気づかいを無にする言動だった、と反省する。

「私がムリに聞こうとしちゃったの。――ごめん」

「構いません。性質《たち》の悪い噂を耳にするよりも、我々の口からお伝えした方がよいでしょう。さ、書庫へ参りましょうか。義母《はは》に見つかると、なにかとうるさい」

ウルラドは桜子をエスコートして、廊下を奥に向かって歩き出す。

「忙しいのに悪いよ。ウルラド、休憩に戻ったんでしょう？」

書庫の扉をウルラドが開き、一緒に中に入る。

王宮ほどの規模ではないが、個人の邸《やしき》としては驚くほどの蔵書だ。

「どうぞお気づかいなく。――義母《はは》が口うるさいのは、義母なりにマキタ様を案じての配慮です。ご容赦ください。ソワル伯爵家は、建国の父たるユリオ一世陛下に招かれ、この国に根を下ろした外来人です。王と、この国の人々から受ける信頼に支えられ、今日まで代を重ねて参りました。受けた恩恵に応《こた》えるために、この国の人々以上に励《はげ》まねばならぬ、というのが、我が家の家訓です。母も嫁ぐにあたり、政治向きのことに口を出すべきではない――と昔ながらの教育を受けているはずです。その嗜《たしな》みこそが身を守る知恵である、と」

ウルラドは書庫の蔵書に目をやった。そこに、代々のソワル伯爵家の努力と研鑽《けんさん》が、積み重なっているように思えてくる。そして、それを支えてきた女性たちの知恵も、同じように。

「ごめん。……サヤさんのお気持ち、もっと大切にすべきだった」

「――初代のソワル伯は、罪人でした」

思いがけない言葉に桜子は驚き、ウルラドの碧《みどり》の瞳を見た。

「初代って、建国の英雄……だよね？　罪人だったの？」

「既に故国でも名誉は回復されておりますが……祖父の調査によれば、初代が国を捨てる羽目になったのは、上役の罪を着せられたがためだったそうです。流浪《るろう》の身であった頃、初代はユリオ王のお命を、その剣をもって救います。そして騎士として旗下《きか》に加えられ、武功を重ねるのです。人々は初代ソワルを英雄と呼びました。――そうした経緯もございまして、ソワルの名を継ぐ者に求められるものは決して軽くはありません。その名に恥じぬ生き方をせねばならぬ――という思いが、初代から続く『青鷹団《あおたかだん》』の活動につながっていきました。我らは、英雄の末裔《まつえい》なのです」

英雄の末裔《まつえい》。――とても美しい言葉だ、と桜子は思う。

今の話でウルラドが伝えようとしていることを、桜子は理解した。この国の王の傍にいる『外来人』が、なにを求められるか――という話だ。

まだ婚約中の身ながら、『黒髪の王妃』もまた、多くのものを求められることになる。

ウルラドは続けた。

「アガト公の件は、トラントがご説明いたしますが、どうぞ口外はなさいませぬよう。『マキタ様は政治的な野心をお持ちだ』という噂が立てば、シュルムトの足枷《あしかせ》になりかねないだけでなく――詳しくは存じませんが、塔も遠ざけるとお思いください。今エテルナの巫女《みこ》に向けられた都民の信頼は、いわば砂上の楼閣《ろうかく》。ご自身が築いてきたものを大事にしていただきたい」

「――うん。わかった。……話してくれてありがとう」

「口うるさいことを申しました。お許しを。……いや、しかし、貴女はそのままでよいのかもしれません。私は、南区のために走り回る貴女に恋をした。この国の未来を見たのです。――今も、その思いは変わらない。それどころか、ますます募《つの》る一方だ。婚約をされ、一層薫《かお》るように魅力的になられた」

ウルラドが桜子の手の甲にキスをする。

話の雲行きが、俄《にわか》に怪しくなってきた。ついでに貴公子の目つきも不穏だ。

「ウ、ウルラド、落ち着いて」

「これから貴女が髪を上げ、人妻になるかと思うと、この胸は否応なく高鳴るのです。私は、その美しい、豊かな黒髪のおくれ毛が――」

「ウルラド様。どうぞ」

スッとウルラドと桜子の間に、トラントのハンカチが差し出される。

「失礼。暫時《ざんじ》外します」

ウルラドは凛々《りり》しく挨拶《あいさつ》をしてから、ハンカチで鼻を押さえつつ移動した。英雄の末裔《まつえい》たる貴公子の闇はなかなか深いようだ。

一度咳払いをして、トラントはウルラドの話を引き取った。

「先ほどのお話ですが――簡単に説明いたしますと、アガト公は、過去にご自身の領地運営に失敗されています。その穴埋めに、様々な悪法を生み出してきました。それでも彼《か》の人が地位を保っているのは、貴族らの公職の世襲を密《ひそ》かに金で保証したがためなのです。多くの貴族らが、アガト公を失うことを恐れています。彼《か》の人を支持することが、己《おのれ》の地位を保つことになるからです」

「え？　そもそも公職って、世襲じゃなかったの？」

桜子は鼻を押さえたウルラドを見る。ソワル伯爵家は、代々宰相を務めるものだと思っていた。

「いいえ。元老院の議員になるにも、学習館で五位までの成績で卒業することが条件です。その後宰相に選ばれるまでも数々の実績が求められます。代々のソワル伯は世襲ではなく、不断の努力でその地位を保っておられるのです」

つまり、ウルラドが最年少の議員になったことも、未来の宰相と目されていることも、彼自身の努力の賜物《たまもの》だったということだ。

「でも、このまま国が滅びたら世襲もなにもないじゃない？　アガト公って軍と上手くいっていないんでしょう？　シュルムトが言ってた」

「己《おのれ》の地位も国あらばこそ――と誰しもが気づけばよいのですが……。南区に関連したところでお伝えすれば、南区の財政破綻は、アガト公がモリモト様を不当に優遇するために作った法が原因です。他にも特例だらけの税制が多数定められ、国を危うくしています。王国全体の税収は右肩下がりに落ちている。コヴァド派の皆様は、税制を巡っても彼《か》の人と戦っておられます」

熱くトラントがそこまで説明したところで、ウルラドが手ぶりで止めた。

「トラント、少しだけ外してくれるか」

「しかし……よろしいのですか？」

「大丈夫だ。幸い、まだマキタ様の髪は上がっていないからな」

きりっとした表情で言い切ったウルラドを信用したのか、トラントが書庫から出ていった。桜子には不必要な情報だが、察するにこの貴公子は人妻が好きらしい。

つい十秒前まで鼻血を出して蹲《うずくま》っていたとは思えない爽《さわ》やかさで、ウルラドは桜子を見つめた。

「今元老院は、この局面にあってさえ国防のなんたるかを理解せぬ者たちに占められています。国軍との連携も、いまだ不安が残る。——もう後がない。この危急存亡《ききゅうそんぼう》の秋《とき》に、シュルムトは前線で、私は議会で、マサオ殿は工房にあって戦っております。叶うならば、マキタ様、この国を切り開いてきた英雄の傍《かたわ》らにある外《と》つ国から来た者として——共に戦っていただきたい」

それぞれの戦場で、それぞれの戦いがある。

桜子の戦場は南区だ。政治に首を突っ込み、批判することは自分の役割ではない。『にこにこ商店街のマキタ』として南区に在ることこそ、自分の役割なのだ。

英雄の末裔《まつえい》の言葉に桜子は頷き、握手を求める。ウルラドが鼻血を出したため握手自体はできなかったが、彼の言葉はしっかりと心に刻み込まれた。


宰相邸を出て、桜子はラシュアと一緒に南区へ戻る。

日が傾く頃だ。にこにこ商店街は賑《にぎ》わっているが、以前とは空気が変わってしまった。

——盗難が多発しているのだ。

以前とは違い、今は商店街のスタッフたちからも笑顔が消えている。

「ただいまー。あ、瀬尾くん、帰ってたんだ。お疲れ様」

事務所には瀬尾しかいなかった。

彼は最近、マサオに駆り出されて留守にしていることが多いので、アトリエスペースにいる姿を見るのは久しぶりだった。

「あぁ、お帰りなさい」

いくつかあるキャンバスのうち、一つだけがこちらを向いている。

「絵、見えてるよ？　大丈夫？」

「別に隠してませんよ」

桜子は移動して、絵を正面から見た。横顔の——女性の絵だ。どこか東南アジア辺りの仏教画を思わせる。

「綺麗だね」

「……綺麗ですか？　——そうかな」

顔だけを横に向けた女性の立ち姿だ。なだらかで繊細な身体の線は、絵心のない桜子の目にも美しく見える。

しかし、瀬尾は複雑な顔をしていた。

「普通、絵って綺麗に描こうとするものなんじゃないの？」

「綺麗じゃないものは綺麗に描かなくていいんですよ」

「ふぅん」

アーティストモードのスイッチが入った瀬尾の話は、だいたい面倒だ。桜子の頭はさっそく聞き流す方向に舵《かじ》を取る。

「でも、綺麗かどうかは重要じゃないんです。意味わかんない勢いがあって、気づいたら巻き込まれてる。……そういう、運命の女神みたいなものですから。美醜《びしゅう》は大事じゃないんです。どっちかっていうと怖い——っていうのかな……」

「へぇ」

絵の女性は少しも怖くはない。遠くを見る目は、憂《うれ》いを帯《お》びているように見える。

「物静かな顔に見えるけどね。思慮深そう？　っていうか」

「そこが性質《たち》悪いとこなんですって。孤独で、一人きりで、いつも遠い場所を見ている。——誰も彼女を理解できない」

「それ、なんで性質《たち》悪いの？」

聞き流す気でいたのだが、どうにも腑《ふ》に落ちず、桜子は瀬尾に尋ねる。

「ほっとけなくなるからですよ」

「……綺麗な人だからほっとけなくなるんじゃないの？」

「万人が褒め称《たた》える美は怖くない。自分の目だけに、この世のすべてに勝る唯一の美に映る——から、怖いんです」

そう言った後、瀬尾は絵を見たまま黙ってしまった。

よくわからないので「そうなんだ」とだけ言う。桜子の目には、その絵は美しい女性の姿にしか見えない。やはりどう見ても、怖くはなかった。

「——そういえば、シイラさんもイーダちゃんもいないけど、なにかあった？」

桜子がそう尋ねたが、瀬尾から返事はない。

「槇田さん」

代わりに、瀬尾は桜子を呼んだ。

「なに？」

「……帰りますよね？」

「──なんでそんなこと聞くの？」

偽りの婚約までした桜子に、なぜそのようなことを問うのか。聞き返す声が険《けわ》しくなった。

「最近の槇田さん、そっち側の人に見えるんですよ」

「そっちって……」

「もう、いっそ『ガシュアード王国建国記』の中に出てきそうっつーか」

「……出てくるわけないじゃない」

桜子は、眉間《みけん》にシワを寄せた。

「『建国記』の最初は、コヴァド二世が自分の孫たちに、自分たちの偉大なる先祖の物語を話すところから始まるんです」

「それ、もう聞いたよ。私も読んだことあるし」

「勇敢なる建国者・ユリオ王を描いた第一部。森先生が亡くなったんだか、こっちにトリップしたからか知りませんけど、書かれることのなかったコヴァド王が主人公の第二部。俺、第二部に『コヴァド王の傍《かたわ》らにはマキタ王后《おうこう》があった』って書いてあっても不思議じゃない気がするんですよ」

「なに言いだすわけ？　私は帰るから。絶対に。親に会いたいし、友達にも会いたい。仕事して、恋愛して、結婚して、孫にお小遣いあげるんだから。アイス食べたいし、お酒飲みたいし、お寿司食べたいし、ネイルもしたいし、電車で移動したいし、本読みたいし、映画観たいの！」

なにを置いていこうと、どれだけ辛くても、それだけは唯一変わらない意志だ。

絶対に帰る――ともっと力いっぱい主張するつもりだったのだが、事務所の外の慌ただしい足音によって機会を逸《いっ》した。

慌てた様子で入ってきたのは、元女官たちだ。

「あれ？　皆、どこ行ってたの？」

「マキタ様。――お耳に入れておきたいことが……」

シイラが話そうとしているところに、ドンドンと扉が鳴って、ガルドが入ってきた。

後ろにパン屋の次男のジェドと、青果店で働くウバの息子のディルゴが続く。更に続いて白バラ自警団の面々が数人入ってきた。

「ど、どうしたの⁉　なにがあったんですか？」

桜子が慌てたのは、ジェドとディルゴが、顔と腕にいくつも傷を負っていたからだ。

「大した怪我じゃねぇ。とりあえず、立て札は引っこ抜いてきたぜ。これで五本。まだ残ってるみてぇだから、自警団の連中に手分けして探させてる」

ガルドが手に持ったものを桜子に見せながら言った。

「立て札？」

ガルドは机の上に、立て札らしきものを置いた。朱色の字が書かれている。

横で瀬尾が「いいインク使ってますね」とどうでもいいことを言っていた。

「こんなもんが、王都のあちこちに立てられた。他にもあるみてぇだな」

元女官の中では最年長のアイシャが、ジェドとディルゴの傷の手当を始める。二人のことはアイシャに任せ、桜子は立て札の朱文字を目で追った。

「『マキタ』……って書いてません？」

「『南区のマキタは食糧を買占め、不当に独占している』ってな」

王国語の文字を読むのに手間取る桜子に代わって、ガルドが声に出して読んだ。

「……これ、もうたくさんの人が読んだ……ってことですよね……」

顔の見えない相手から向けられた強烈な悪意に、桜子はいとも容易《たやす》く動揺していた。

「とにかく、片っ端から引っこ抜く」

「ま、待ってください！」

ガルドを止める言葉が、つい大きくなる。

「放っておくわけにゃいかねぇだろ。――ほら、小僧ども。ちゃんと嬢ちゃんに説明しとけ。隠すと余計心配かけるんだぞ。どっちが『ご迷惑』かよく考えろ」

そう言って、ガルドはジェドを促《うなが》した。

「……申し訳ありません。このところ、移動販売でも盗難が続いておりまして……」

「え……」

それは桜子が初めて耳にする話だった。きっと、ジェドだけでなく、月の光亭の面々も隠していたのだろう。ガルドの言葉から、桜子の負担にならぬようにと配慮してのことだったようだ。彼らの気持ちを思えば、なんで黙っていたの？　と問うことはできなかった。

「その上、こんな立て札見たら、我慢できなかったんです。カッとなって、立て札の周りにいた連中と喧嘩に……。俺、マキタ様を悪く言われたのが悔しくて……すみません。ガルドさんにも、白バラ団も皆さんにも、本当にご迷惑をおかけしました」

「ジェドくんも、ディルゴくんも、もう無茶しないでね。君たちになにかあったら、ご家族がどんなに悲しむか……」

桜子は、青年たちの肩にポンと手を置いた。幸い二人とも軽傷のようだ。

ジェドとディルゴは桜子に向かって深く頭を下げた。

「オレは黙っちゃいねぇぞ。こんな汚ねぇ真似《まね》されて、許せるかよ」

ガルドがそう言うと、白バラ自警団の面々も「片っ端から引っこ抜いてやります！」と声を上げた。

桜子は、首を横に振る。

「……すみません。私は、こういう時、この国の人間ではないので、自分の判断に自信が持てません。――マサオさんとウルラドに相談して、対応を決めさせてください」

口早《くちばや》に言って、もう一度「すみません」と言った。胸の前で握った手指がひどく冷たい。

スタッフを巻き込みたくない一心で神殿を飛び出したのに、これでは同じことの繰り返しだ。

「なんで嬢ちゃんが謝んだ。そりゃ東方の流儀か？」

「いえ。私が……たぶん、間違ってたんだと思います」

「落ち着け。――おい、坊主。なんとかしろ。弟じゃねぇのか」

瀬尾は「俺はイノシシ使いじゃありません」と言ってフォロー役を断っていた。

「目立ち過ぎたとか、誰かの気に障《さわ》ったとか……私のやり方が強引だったのかもしれません。小麦粉の備蓄は、商店街のためのものは一割程度で、あとは、私の個人的な取引です。いずれ戦況を見て、必要な場所へ無償で提供するつもりでいましたが――なにが理由であれ、備蓄は自己都合です。……私が、ここを離れた方が、皆に迷惑をかけずに済むと思います」

「参ったな。――こういうのは少将様の役目なんだがな。いいのか、オレで」

ガルドは周囲に言い訳のように言ってから、桜子の頭に大きな手を置いた。

「ご迷惑をおかけして――」

「よしてくれ。嬢ちゃんに迷惑かけられたなんぞ、一度も思ったことはねぇよ。この南区の皆同じ気持ちだ。――来い」

ガルドはいきなり桜子の手を引いて、事務所の扉を開けた。

もう街灯が点《つ》いている。ほのかな灯《あか》りの下の顔、顔、顔に、桜子は思わず声を上げる。

「あ――皆……」

事務所の前には、にこにこ商店街のスタッフたちが集まっていた。

「立て札を見て、商店街の連中も心配してんだよ。自分たちが嬢ちゃんの足枷《あしかせ》になってるんじゃねぇかってさ」

「そんなこと、あるわけないじゃないですか！」

桜子の行動が商店街に迷惑をかけるかもしれない、と心配はしたが、逆はまったく考えもしなかった。

「おい！　皆！　我らがエテルナの巫女《みこ》様が、皆に迷惑かけて申し訳ねぇって泣いてんだ。なんとか言ってやってくれ！」

数十人の人だかりが、ざわめいた。

「なに言ってるんですか！　私らは、マキタ様に命を救っていただいたんです！」

「そうですよ！　アタシらにとっちゃマキタ様は大事な女神様だ。誰がなに言ったって、聞く耳持ちゃしないよ！」

「オレたちは、マキタ様が南区を守るために小麦粉集めてらっしゃるって、知ってます！」

あちこちから声が上がる。

いきなり、ガルドが桜子の身体を抱え上げた。

「うわ！　ガルドさん！」

ガルドは「ほんとに胸がねぇな」と余計なことを言いながら、桜子を自分の左肩に座らせる。挙句に「少将様には内緒にしとけ」と桜子を素通りしてシュルムトに遠慮をしていた。

(どっからツッコんでいいかわかんないだけど！)

苦情を言いそびれている桜子に構わず、ガルドは集まった面々に向かって声を張った。

「なぁ、皆。未来の王妃様はこの商店街のことを誰より大事にして、嫁ぎ先が決まったってのに、まだここにいさせてくれってしがみつくようなお人だ。戦《いくさ》が始まってから、そりゃいろいろ皆おかしなことにはなっちまってるが、オレたちはいつも通りの仕事をしようじゃねぇか。自警団も人を増やす。皆が安心して暮らせるように力を尽くす。ちょいと大変な時期だが、生きてりゃそういうこともあるさ！」

にこにこ商店街のスタッフ一人一人の顔が見える。

それぞれに家族がいて、暮らしがあって、守るべきものを持っている。

桜子は、彼らを守りたいと思ってきた。

彼らもまた、桜子を守ろうとしていたのだ。

胸が震えるほどの感動が、桜子に勇気を与えた。

「この国に来たときに……心に決めたことがありました！　『飢《う》えない・死なない・争わない』！　絶対に飢《う》えるものか、絶対に死ぬものか、絶対に人と争うものか……そう思って、生きてきました！　私は故郷を離れ、王都に来た人間です。この国のことを知らないまま、住む家も、財産も、頼る人もなく、エテルナ神殿にやってきました」

ガルドが、桜子の身体をしっかりと抱えている。

皆が自分を信じ、守ろうとしてくれている——その安心感が、桜子の心を励《はげ》ました。

「今、私は『貴女の家はどこですか？』と聞かれたら『南区のにこにこ商店街です』と答えます。ここは私の家です。皆さんは私の、父で、母で、兄弟で、姉妹で、それから、子供で——家族だと思っています。私は、家族を守りたい。——そのためにできる限りのことをしたいんです！　どうか皆さんの力を貸してください！　今は大変な時期です。だからこそ、それぞれの暮らしが守られるよう、皆で力を合わせていきましょう！」

ワッ……

大きな拍手が、辺りを包んだ。

「そういうこった！　なんかあったら白バラ自警団にすぐに知らせろ！　盗難、中傷、誹謗《ひぼう》。なんだっていい！　俺たちの戦場はこの南区だ！　荒事なら白バラ自警団に任せてくれ！」

そうだ。――ここが桜子の戦場なのだ。

桜子は、すぐさま対策を取ることにした。

移動販売を中止し、宅配には三倍の人数をつけて対応した。客よりスタッフが大事だ。

立て札は初回のものは撤去したが、その先は、マサオの助言に従い放置することにした。「ムキになった者が負ける」ということらしい。

その後も立て札は何度か立てられたが、誰になにを言われようと、やるべきことは変わらない。

治安維持の強化を掲げ、にこにこ商店街は一致団結して、事にあたった。

そして――

『犯罪を見たら聞いたら白バラ団』

にこにこ商店街には、大きなポスターが貼られるようになった。

ポスターの絵柄が劇画タッチなのは、桜子が瀬尾にそうオーダーしたからだ。

また瀬尾が「俺は本来こういう画風じゃ……」と言っていたような気はするが、スルーしたので桜子の記憶には留《とど》まっていない。

巡回は白バラ自警団だけでは手が足りない。桜子は孤児院の少年たちに制服を貸し、商店街の見回りを依頼することにした。

結果、盗難の件数は目に見えて減った。

今、都民は安全な場所を求めている。他の区から集団で、南区へ買い物に訪れる人々も出てくるようになった。

また、避難先の提供が魅力だったのか、モリモトスーパーとの契約を解消し、にこにこ商店街と契約したいという農家も現れた。これまで仕入れが間に合わないことも多かった商店街だが、おかげで今回はその問題に悩まされずに済んだ。

――開戦から一ヵ月が過ぎようとしている。

マサオとウルラドが戦況を報《しら》せてくれるが、どれも楽観視のできない内容ばかりだった。

シュルムトからの手紙も途絶えたままだ。

貴族たちの避難も続き、別荘を持つ商人らも王都を出た。物資の流通が鈍《にぶ》くなりつつある。

そんな中、桜子は八日にわたって帰ってこない瀬尾の様子を見に、マサオの邸《やしき》を訪ねた。

二人はマサオの工房の外にある、弓道場のような場所にいた。

瀬尾は、弩《ど》の研究につきあわされていたらしい。マサオもマサオでヒゲが伸びていたが、瀬尾も瀬尾で、むさ苦しいビジュアルになっている。

「……びっくりした。新手の引きこもりユニット誕生かと思ったよ」

「ほっといてください」

瀬尾は不機嫌に言いながら、桜子が差し入れに持ってきたおいしいパンを頬張っている。マサオも勢いよくパンを食べていた。この引きこもりコンビは、作業に夢中になると寝食を忘れるので、きっとこれが久しぶりの食事なのだろう。

「マサオさん。この武器って完成したんですか？」

いくつもの矢が突き立った的《まと》を見て、桜子は質問した。

「多少の改善の余地はあるが、すでに実用には耐え得る水準に達した。今、青鷹団《あおたかだん》を中心にした義勇兵を組織している。彼らにこの弩《ど》を使わせるつもりだ」

「その義勇兵って、マサオさんが指揮するんですか？」

「いや、指揮を執《と》るのは――ウルラドだ」

先日、ウルラドは邸《やしき》に帰る間もないほど多忙だ、とサヤに聞いたばかりだ。

「今、すごく忙しいって聞いてます。大丈夫なんですか？」

「あぁ、問題ない。彼は元老院議員の職は辞した」

「辞めた!?　え？　なにかあったんですか？」

ウルラドはエリートコースを走っていたはずである。英雄の末裔《まつえい》として、その地位を簡単に手放すとは思えない。

「有事の避難の件で、元老院と――まぁ、有体《ありてい》にいえばアガト公と決裂した。このままでは混乱が起き、犠牲が出ることは避けられない」

「やっぱり、国は動いてくれなかったんですね……」

「異民族などに我が王国が穢《けが》されるはずがない――などという意見の罷《まか》り通る元老院に、もはや私も期待はしていない。都民を守るため、ウルラドは野に下ることを自ら選んだということだ。――もう時がない」

ウルラドがこれまで都民を守るために奔走していたことは知っている。彼一人ではなく、宰相やコヴァド公も力を尽くしていたはずだ。それでも結果が出なかったことは、残念でならない。

事ここに至っては、自分たちの手で都民を守るしかない――とウルラドは決意したのだろう。

それほど、危機は迫っているということだ。

「じゃあ、いよいよ避難計画を進めるんですね」

「あぁ。明日にも各神殿に要請を出す。今こそクロス伯爵家が都民から受けてきた恩を返す時だ」

マサオもまた、英雄の末裔《まつえい》としての務めを果たそうとしている。

王都が危機に瀕《ひん》する今、彼らの存在はとても頼もしく思えた。

「にこにこ商店街もすぐに動きます」

「頼んだぞ、サクラ。――あぁ、そうだ。渡しておくものがある。待っていてくれ」

マサオは、工房の中に入っていった。

桜子の隣で、瀬尾はおいしいパンを無言で食べている。

「――いよいよだね」

桜子は、矢が深々と刺さった的と弩《ど》を見ながら言った。

人を殺傷することを目的にした武器。当然だが、この矢が刺されば人は死んでしまう。その兵にも親があり、妻があり、子があるかもしれない。

戦況を聞く時は、なるべく考えないようにしているが、こうして武器を目の当《ま》たりにすると、つい考えてしまう。

今、この国の国境では人が人を殺し、多くの血が流れているのだ。

このような恐ろしい武器が飛び交う戦場に、今シュルムトがいる。そうと思うと、身震いしそうなほど怖い。

「……槙田さん」

呼ばれて、桜子は瀬尾を見た。

なんとなく、また「帰りますよね？」と聞かれそうな気がして、多少身構えた。

「……なに？」

「俺、なんのためにここにいるんですかね？」

予想外の言葉だった。桜子は、瞬《まばた》きを二度して、それから眉間《みけん》にシワを寄せる。

「なんのためって……」

「……英雄の末裔《まつえい》とか、未来の王妃とか、周り見たらそんなんばっかだし。俺、特にいらないと思うんですけど」

——この世界にいる意味なんていらないんじゃない？

桜子は、そう軽く流すつもりだった言葉を呑み込んだ。

瀬尾はこちらを見ずに続ける。

「商店街の経理だって、俺がいなかったら、苦手なりに槇田さんがやってましたよね？　この弩《ど》だって、多少の性能の違いが戦況に影響与えたりしないですし。俺、別に得意なことなんてないですよ」

「瀬尾くん、絵が上手いじゃない」

「……絵だって……結局、挿絵《さしえ》の話も実力じゃなくてただのコネだったかもしれませんし」

この世界にいる意味がほしい。——瀬尾はそう言っているように聞こえた。

桜子は思わず「瀬尾くん、帰るよね？」と聞きそうになった。

そして瀬尾が「槇田さん、帰りますよね？」と聞いてきた理由が、なんとなくわかった気がした。

「——サクラ。来てくれ」

マサオが工房から手招きをしたことで、瀬尾との話は途切れた。

桜子は工房の中に入る。相変わらず雑然とした空間だ。

「……なんですか？　これ」

箱には、リレーに使うバトンのような筒が入っていた。

「煙筒だ。いざという時に使ってくれ。神殿の狼煙《のろし》よりも早く伝わる」

王都にある各神殿には狼煙台《のろしだい》がある。ただ、異変に気づいた誰かが神殿へ走るところから始まるので、連絡には時間がかかる。少しでも早く伝わるツールはありがたかった。

だが、これを使う時はどんな時なのだろう——と思うと恐怖もわく。

「――ありがとうございます。使う機会のないことを祈ってます」

桜子は煙筒の入った箱を抱えて工房を出た。

外に、瀬尾の姿はなかった。


青鷹団《あおたかだん》による避難計画が、いよいよ実行される日がきた。

城外地区からの自主的な避難者も増えてはきたが、まだ然程《さほど》数は多くない。開戦前に別荘に逃げた貴族と違い、ここにしか自分の土地を持たない人たちは、簡単に逃げることなどできないのだ。

桜子たちは事前の計画に則《のっと》り、にこにこ商店街の契約農家への避難を呼びかけた。

ベルーガ軍が来襲すれば、食糧はすべて奪われる。その前に、すべてを終えなければならない。大がかりな移動だ。それでも事前準備が功を奏し、契約農家の避難は三日で完了した。

続いて、青鷹団《あおたかだん》から依頼を受けた農家の避難に取りかかる。

避難開始から十日目。

桜子たちは、城外西区で最後の仕上げにかかっていた。瀬尾とキギノ、他に孤児院の少年たちと商店街の青年たちも一緒だ。

網を張った馬車の荷台には、ニワトリが積み込まれている。

「じゃあ、荷物はこれで全部ですね」

「はい。いや、本当に助かりました。コイツらを蛮族《ばんぞく》どもに食わせるのは嫌だが、始末することも考えられない。マキタ様。本当に、本当にありがとうございました」

「エテルナ神殿の丘に、たくさん鶏小屋を作っておきました。また、どんどん卵を産んでもらいましょうね。きちんと買い取らせていただきますので。――じゃあ、よろしくお願いします」

桜子が声をかけると、馬車は王都を目指して出発した。

養鶏家の家族は、桜子にもう一度頭を下げた後、馬車を追って歩き出す。馬車の数に限りがあるので、人には徒歩で移動してもらうことにしている。

瀬尾は残っていた荷物を抱えた。

「じゃあ、俺、先に王都に戻ってます。青鷹団《あおたかだん》の人がいるから大丈夫だとは思いますけど、一応、東区の方も見回ってから事務所に戻るんで」

マサオの工房での会話の後、瀬尾と事務連絡以外の話はしていない。

「了解。じゃ、あとでね」

多忙だけが理由ではなかったが、あの時の問いについてはこのまま忘れる方がいい、と桜子は思っている。気の迷いのようなものだった、と理解することにした。

荷物を運ぶ瀬尾と孤児院の少年たちを見送った後、桜子はキギノが御者《ぎょしゃ》を務める馬車で次の農家を目指す。彼の片腕は動かないのだが、手綱《たづな》さばきは巧《たく》みだ。

馬車の荷台にはラシュアの他に、ジェドとディルゴが乗っている。皆、先ほどまでニワトリの運搬を手伝っていたので、頭に羽毛がついたままだ。

次の農家が見えてきた。これが最後の一軒になる。

「こんにちはー。南区の者です。王都への避難の件で伺いましたー」

敷地に入り、納屋と母屋に向かって桜子は声をかける。

――返事がない。

「ちょっと畑の方、見てきます」

小柄なディルゴが、身軽に走って行った。

畑は、広いイモの畑だ。

王都で食べられているイモはオレンジ色の、甘味のあまりないものだ。煮崩れしないのでスープの材料として使われることが多い。

(あれ?)

桜子は目の前の畑の状態に気づき、目を疑った。収穫した後には見えない。

(もしかして、全然収穫してない?)

少なくとも十日は前に、青鷹団《あおたかだん》が避難準備の依頼をしていたはずだ。

「おかしいな。連絡はしておいたはずなんだけど――」

桜子は辺りを見渡す。農家の人たちが、収穫前の作物を置いて逃げるとも考えにくい。

なにかあったのだろうか。

「おい!　おっさん!　なにやってんだ!」

ディルゴの声が響いた。

桜子は畑の方に向かおうとしたが、ジェドに止められた。

「マキタ様は、ここにいてください」

そして走っていったジェドも「おっさん！　なにやってんだ！」と叫ぶ。

「キギノさん、ラシュアさん。一緒に来てもらっていいですか？」

ラシュアとキギノを連れ、桜子も畑の方に向かう。

そして前の二人同様「なにやってんですか！」と叫んでいた。

大きな木。木の枝にかかった縄。その先は頭の入るサイズの丸になっている。絵に描いたような自殺支度だ。そこに首を半ば入れ、今にも首を吊ろうとしているのは五十代くらいの男だった。

「止めないでくれ！」

「いやいや、止めますって！　キギノさん！　止めてください！」

キギノが目にも留まらぬ早業《はやわざ》でナイフを投げる。ブツッと荒縄は切れ、どさりと落ちた男は地に伏して泣きだした。

「妻は男作って逃げてった！　倅《せがれ》は家を継がずに出ていった！　この上蛮族《ばんぞく》どもが襲ってくる！　いいことなんかありゃしない！　死なせてくれ！」

どうしたものか、と顔を見合わせていると――

カッカカッカッと馬の蹄《ひづめ》の音がして、眩《まばゆ》いばかりの美青年がやってきた。

「ウルラド！　どうしたの？」

「急ぎ王都にお戻りください。避難指示を城外のすべてに発しました」

あちこちを駆けまわってきたのだろうか。額《ひたい》に汗が浮いている。

「……わかった。すぐに戻る」

ウルラドが屈んで、桜子の耳元に「明日にも、砦《とりで》が破られます」と言った。

いよいよ。その時がきたのだ。

――シュルムトは無事だろうか。口には出さずにいたが、ウルラドは察してくれたようだった。

「シュルムトは作戦行動中で、連絡は取れませんが――どうぞお気を強く。我らの戦場は王都です。我らの働きが、彼を助けると信じましょう。最終の連絡の時に、こちらが添えられておりました」

ウルラドに渡された手紙を、桜子は急いで開く。

日本語と思《おぼ》しき文字で『お元気ですか？』と書かれてあった。

読むのがやっとの字だ。『お』の点の位置がおかしいし、気、などは字の体《てい》をなしていない。

内容も自分が送った言葉がそのまま戻ってきただけだ。

どんな顔で、彼はこの手紙を書いたのだろう。――考えただけで涙が零《こぼ》れそうになる。

そして相変わらず、無事なのかどうかはわからなかった。

いや、筆は持てたのだ。元気に違いない。

涙を堪《こら》え、桜子は顔を上げた。

「急いで王都に戻ります。ラシュアさん！　その人縛ってもいいから荷台に乗っけちゃってください！」

「承知」

ラシュアが男に近づく。男は「殺さないでくれ！」と叫び出した。

「死にたいのか、死にたくないのか、どっちなんだよ。おっさん。ほら、行くぞ」

ジェドが苦笑しながら、男の手を引き上げた。

「イモが！　オレのイモが！　待ってくれ！　まだ小さいが食べられる！　こんなにたくさんイモがあるんだ！　オレの育てたイモだ！」

男が叫びながらイモの茎を掴んで引き上げた。早期収穫したイモでも、桜子たちは買い取りを行っている。準備さえしていてくれれば——と今言ったところでしかたがない。

命には代えられないのだ。

ラシュアは手早く男に縄をかけ、肩に担いだ。「黙らせますか？」と聞かれたので「そのままでいいです」と言っておいた。

ジェドとディルゴが母屋に走り「適当に持ってきました」と箱と荷物を持って馬車に積み込む。

イモが！　と男はまだ叫んでいる。

「お前たちになにがわかる！　オレのイモだ！　人でなし！」

なおも叫ぶので、ラシュアの目の合図に応《こた》えることにした。

トン、とラシュアが男の首の後ろを叩く。男は静かになった。

「なんとかしてあげたいけど……イモを掘り返して積むまでは待てない」

人でなし！　と叫びたい気持ちは、桜子にも理解はできるのだ。こんな時でもなければ、一つでも多く収穫するために全力を尽くしただろう。

だが——この場所に留《とど》まることは、王都までの距離を思えばあまりに危険だ。ここは城外区でも最も王都から遠い場所にある。

「しょうがないですよ。——オレたちには、どうもしてやれない。あとはこのおっさんの人生です」

ジェドが荷台に乗り込みながら、そう言った。

——しょうがない。

その言葉が胸に刺さる。

馬車に乗り込もうとする桜子に手を貸しながら、ウルラドは言った。

「我らは最善を尽くしました。——惜しいとは思います。ここに彼の暮らしがあり、人生がある。決して軽んじるつもりはありません。せめて彼らが再びこの地に戻ることができるよう努めましょう」

「……そうだね」

「マキタ様。最善を尽くした、と信じることでしか、乗り越えられぬものがあります。どうぞ、ご自身の決断を信じてください」

ウルラドの言葉に桜子は頷く。

「——王都に戻ろう」

すべてを手に入れ、すべてを守ることは不可能だ。

一つ一つ、救える者を救い、守れるものを守ることを、恐れず続けるしかない。

青鷹団《あおたかだん》の避難計画は、期間の短さもあり十全の結果を出すことはできなかった。だが、一人の犠牲者も出さなかった。避難対象者の人数を思えば、十分に誇るべき成果である——とウルラドは最後の一人が大門をくぐった時、青鷹団《あおたかだん》の面々に伝えた。

――あっという間の出来事だった。

桜子たちが王都の大門をくぐった日の翌日の午後に、砦《とりで》での戦闘が始まった。

これで王都の外からの補給は断たれたということだ。

王都にベルーガ軍が雪崩《なだ》れ込んできたとしても、これ以上逃げる場所はない。

――ここが桜子にとっての戦場だ。

避難民の誘導を終えた桜子は、エテルナ神殿の奥宮《おくみや》にある厨房《ちゅうぼう》に入った。

厨房には、商店街の面々の他、契約農家の女性陣も待機している。

エプロンをし、臨戦態勢の女性たちに桜子は声をかけた。

「私の故郷には、こんな言葉があります。『腹が減っては戦《いくさ》はできぬ』。剣も弓も持たない私たちは、敵と戦うことはできません。ですが、この場所で、多くの人の命を守るという重要な仕事をすることはできます。この、南区エテルナ神殿の厨房《ちゅうぼう》が、私たちの戦場です！」

女性たちは、腕をまくって笑顔を見せた。

「さて、なんでも言ってくださいよ。何人前の野菜だって、刻んでみせますから！」

「料理なら任せてくださいな。いくらでも作ります」

頼もしい言葉に、桜子は笑顔で礼を伝える。

「ここで食べられる人の分は、スープで。自警団と青鷹団《あおたかだん》の食事は、パンでお願いします。指示は、ここにいるフィアさんに担当してもらいます」

横にいた惣菜屋《そうざいや》のフィアが頭を下げる。

「では、さっそく、今日の昼食から始めましょう。よろしくお願いします！」

フィアの号令で、女性陣は一斉に動きはじめた。

避難民の女性たちも鍋を持って手伝いを申し出てきて、一気に厨房《ちゅうぼう》は活気づいた。

「じゃ、こっちも始めようか。ミリアちゃん」

「はい。いつでもどうぞ」

桜子は、ミリアと一緒にパン作りを始める。

——飢《う》えたくない。死にたくない。この神殿に来てすぐの頃は、その一心でパンを捏《こ》ねていた。

今は、この王都の人たちを飢《う》えさせないために、パンを捏《こ》ねている。

ずいぶん遠い場所へ来てしまった。——そんな感慨がわく。そして、自分にできることはわずかでも、きっと、このパン一つが、戦場にいるシュルムトの助けになるはずだ。そう信じれば、自分のこれまでの歩みも誇らしく思えた。

焼き上がったパンに、燻製肉《くんせいにく》とシャンという野菜の酢漬けをはさみ、包み紙代わりにユガの葉でくるむ。

「よし、完成。じゃあ、これ、白バラ団の詰所《つめしょ》にお願いします」

カゴを受け取ったのは、神殿に見回りに来ていたガルドだ。

「嬢ちゃんが作ったもんなら、エテルナ様のご加護がありそうだ」

「すっごくあります。百人力で、パワー全開です」

「……昔の嬢ちゃんなら『そんなことないですよ』って言いそうなもんだったがなぁ」

ガルドはそう言って、笑っていた。

「だって、皆さん、『エテルナの巫女《みこ》』が好きじゃないですか。こういう時こそ、この看板を利用しないと。図々《ずうずう》しくいきますよ。これ食べたらパワー全開です」

「大将ってのは、そうでなくちゃいけねぇよ。その調子で頼むぜ」

ガルドはワインも入った大きなカゴを軽々と持ち、女性陣に声をかけてから出ていった。

今のところ、南区には混乱は起きていない。白バラ自警団が警戒しているのは、むしろ南区の外からやってくる強盗だ。こんな非常時でも懲《こ》りずに続く朱書きの札のせいで、南区を狙う者は多いという。

夕刻になって、マサオが瀬尾と一緒に神殿にやってきた。

「人手が欲しい」

「矢が足りないんです。あるっちゃあるんですけど、いろいろ改良したせいで、用意してた矢じゃ長さが合わないんです。ちょっと切ったりしたいんで、人貸してください。人、いっぱいいますよね？」

マサオの簡潔な言葉を、瀬尾がフォローする。最近はこの引きこもりユニットも、すっかり息が合ってきた。

「わかった。手の空いてる人はいるから、お願いしてみる」

「依頼はこちらでやらせてもらう。神官長への報告を頼んだぞ」

マサオは、スタスタと避難民のいる本殿に向かって行った。

桜子がブラキオのところに報告に行っている間に、本殿の方でワッと声が聞こえてきた。

よほど上手くマサオが演説したらしい。ふだんは必要最低限のことしか言わないが、こういう時のマサオは実に雄弁だ。

「――というわけなんです」

と桜子が言うとブラキオは「エテルナの御心のままに」と言って胸に手を当て、頭を下げた。

「建国の英雄の末裔《まつえい》と呼ぶに相応《ふさわ》しい方たちです。ウルラド様。クロス伯。――そして、国を守るために自ら戦地に赴《おもむ》かれたコヴァド少将――」

彼らと同じ陣営にいる、という贔屓目《ひいきめ》を抜きにしても、この局面での彼らの活躍は目覚ましい。

後世の人々は『コヴァド一世』を、ユリオ王の再来――と呼ぶという。

クロスの子孫であるマサオ。ソワルの子孫のウルラド。そして、戦場にあって国を守るために戦うシュルムト。

彼らを、英雄の再来と呼ばずしてなんと呼ぶだろうか。

だからきっと――帰ってくる。

コヴァド一世は、シュルムトだ。無事に帰る。そして、王になるのだ。

「私たちも、彼らの助けになるよう頑張らなくちゃいけませんね」

「英雄の傍《かたわ》らには神々が寄り添うもの。マキタ様の働きに、どれほどの人が励《はげ》まされましょう。お二人がこの神殿にいらしたことを、誇りに思います。――どうぞ御心のままに。貴女様のお言葉が、エテルナ様のお言葉です」

「その名に恥じない行動を取りたいと思います。間違いそうになっていたら――どうか、遠慮なく叱ってください。よろしくお願いします」

桜子はそう言って、ブラキオに礼を示した。

奥宮《おくみや》の執務室を出て、高い空を見上げる。シュルムトの目の色と同じ色だ。

今どこにいるのだろうか。無事でいるのだろうか。

さっぱり伝わってこない手紙を思い出しながら、桜子は空に向かって無事を祈った。


砦《とりで》が破られた翌日には、王都に向けてベルーガ軍による矢の雨が降った。

しかし、馬上で扱うベルーガ兵の弓は、小ぶりで射程が短い。このため、城壁にあたる矢の音は王都民を恐怖のどん底に叩き落としはしたが、矢が城壁を越えて降り注ぐことはなかった。

それから五日、攻撃は止んだ。

この間、ベルーガ兵は王都の周囲の堀を埋めるべく工作を続けている。国軍の兵が城壁から矢を放ってはいるが、彼らは大きな盾で防ぎつつ作業を進めていた。

六日目に、騎馬隊から遅れて運ばれてきた投石器や、雲梯《うんてい》が、姿を見せる。

七日目に投石器による攻撃が始まったが、国軍は一旦撃退に成功する。

八日目には、ベルーガ兵は王都からの矢の射程から外れた場所まで一時退《ひ》いた。

――と桜子は青鷹団《あおたかだん》の定期連絡で情報を得ている。

他の大多数の王都民には、城壁の外で行われていることはほとんどわからない。

だが――

ベルーガ軍による投石器での攻撃が始まると、都民たちもはっきりとそれを感じることになった。

大型の投石器は、最初こそ外れていたが、次第に城壁に命中するようになっていく。

ドーン……

まるで落雷だ。大門から近い南区にいれば、あちこちから悲鳴が上がるほどの音と衝撃だった。

いつ、それが城壁を越えて飛んでくるのか。いつ、城壁は破られるのか。

夜間でも行われる攻撃は、王都民の眠りを奪った。

投石器による攻撃は、連日続いた。

城壁を破られれば、ベルーガ兵が王都に雪崩《なだ》れ込む。彼らがこれまで攻略してきた城が、どのような末路を辿《たど》ったか。――知る者は祈り、知らぬ者は人づてに聞いて恐れ戦《おのの》いた。

その間も、桜子は神殿でひたすらパンを作り続けている。

人間は、食べなければ生きてはいけないのだ。

白バラ自警団の働きもあり、南区では一切の騒動は起きていない。だが他の地区では、物取りや空き巣、強盗といった、ふだんの穏やかさからは信じられないような事態が続いているという。

それらの騒動に、青鷹団《あおたかだん》が都護軍《とごぐん》よりも迅速に対応し、治安の維持に努めている。

この非常事態に、都護軍《とごぐん》の動きが鈍《にぶ》っているのだ。不満の声はある時を境に、次々と耳に入るようになった。都護軍《とごぐん》はほとんど、中央区の見回りに終始しているという。

――なぜか。

「あのハラート王子が、都護軍《とごぐん》の大将に任命されたそうです」

パン作りを手伝いに来た、元女官のイーダが言っていた。

桜子は「そうなんだ」と相槌《あいづち》を打っただけで、感想を持たないように努めた。

王都内の国軍と、都護軍《とごぐん》の連携も絶望的な状況らしい。

包囲から、二十日が過ぎた頃のことだ。

混乱の中にも次第に秩序が生まれつつあるように見えていたのだが――長く燻《くすぶ》っていた埋火《うずみび》が、ついに燃え上がった。

「モリモトスーパーが、襲撃を受けたそうです」

夜間に強盗の集団が襲い、大量の食糧が盗まれたという。

ベキオからの報告に、桜子は恐怖を感じずにはいられなかった。

最近、桜子を中傷する例の立て札も、また増えたそうだ。

今は黙して、備えを厚くする以外の手は打てない。

この混乱の中――王都の内部を大きく揺るがす報《しら》せが走った。

徴兵令《ちょうへいれい》が出たのである。

南区からは、八十人の青年たちが選ばれた。

商店街からも、ジェドとディルゴが選ばれた。二人とも青鷹団《あおたかだん》に参加し、治安維持のため懸命に奔走する最中のことであった。

通達の翌日の出発という、急な話だ。西区に向かう青年たちを、商店街のスタッフたちは見送った。

西区まで送る、というジェドの妻のアーサや、ディルゴの母親のウバと一緒に、桜子もラシュアを連れて南区を出た。だが、途中で引き返すことにした。桜子の前では、彼らも思うように別れを惜しめないかもしれない。そう考えたからだ。

ラシュアと一緒に、南区へ戻る道を歩いていると――

「迂回《うかい》しましょう」

突然、ラシュアが道を変えるように勧めてきた。

すぐに理由はわかった。目の端に朱書きの立て札が見えたからだ。

このデリケートな時期に、騒ぎを起こしたくない。

ところが――

「こいつだ！　オレは、こいつのせいで畑を追われたんだ！　イモも全部失った！　マキタが掘り起こして、金に換えたに決まってる！」

突然目の前に現れ、道を塞《ふさ》いだ者がいる、あの自殺しかけていたイモ農家の男だ。

「マキタだ！」

追い打ちをかけるように、誰かが叫んだ。

たった数ヵ月前、ユリオ三世の即位三十五周年を祝う式典で、桜子を見た人たちは歓声を上げたというのに。今、こちらを見る彼らの目は、まったく変わってしまった。

「マキタは不当に富を奪っている！　都民に返せ！」

「奪ったものを返せ！　盗人《ぬすっと》め！」

あっという間に、桜子は囲まれた。

まるで王都中の都民が敵になったようだ。

憎悪がこちらに向かっている。足が震えた。

「守銭奴《しゅせんど》め！　くたばれ！」

突然、なにかを投げつけられる。

「きゃ！」

ラシュアが、飛んできたものを手で受け止めた。

――卵だ。

静かに、桜子は憤《いきどお》った。

それを卵だと認識した途端に、恐怖を忘れていた。

自分は日本人だから。この国の人と違うから。――そんな遠慮も吹き飛んだ。

毅然《きぜん》と頭を上げ、自分を囲む人々の顔を一つ一つ見ながら問う。

「今、この卵を投げつけたのは、どなたですか？」

城壁の向こうに敵がいる。補給は断たれた。こんな状況で、どれだけ食糧が貴重か。そしてこれからどれほどその価値が増していくことか。

この王都にいる一人の人間として、桜子は黙っていることができなかった。

卵を投げつけた人間は、庶民ではないだろう。恐らく貴族だ。

桜子を悪者に仕立て上げたい人間の仕業《しわざ》に違いない。

ならば相手は決まっている。

保身のために重税を課し、政治を混乱させた。城外農家を守ることもしなかった。国民の命を守らず、更にこの状況下でさえ政敵であるシュルムトの婚約者の評判を落とそうとする。その姑息《こそく》さに、強い怒りを覚える。

その上、人が命を繋《つな》ぐための食糧で人を貶《おとし》める。――許せることではない。

「この卵一つで！　一人、今飢《う》えている人が救われるかもしれません！　お邸《やしき》に鶏小屋を抱えた貴族の人たちと違って、庶民に卵は貴重なんです！　王都の包囲から一ヵ月。食糧が尽きるかもしれないという恐怖が、どれほど深刻なものか。少しでもわかっていれば、こんなこと、絶対にできないはずです！　卵を人に投げつける人の抗議に、私は耳を貸しません！　行動を変えるつもりもありません！　一人でも多くの人の口に卵が入るようにすることが、私の役目です！」

しん……と辺りは静まり返る。誰も、なにも言わなかった。

火のつきかけた騒ぎが嘘のように、桜子を囲んでいた人たちがサッと道をあける。

南区に向かって、桜子はまっすぐに歩き出した。

背後で立て札を壊しているような音が聞こえたが、振り返らなかった。誰がなにをどう判断しようと、それは彼らの自由だ。

自分の成すべきことを成すだけで、それはどのような時でも揺らぐものではなかった。

——包囲から、一ヵ月半が過ぎようとしていた。

南区の治安は、幸いにして守られている。商店街の客は少なくなったが、白バラ自警団や青鷹団《あおたかだん》、そして避難民への食事の提供を請《う》け負う月の光亭は、通常と変わらず稼働している。

桜子も、ひたすらパンを焼き続けた。

毎日ヘトヘトになって、事務所に戻る。

また、ドーンと鈍《にぶ》く音が聞こえた。城壁に石がぶつかる音だ。こればかりは慣れることがない。

いつ、この壁は破られるのか。

恐怖に身を凍らせていても、身体は泥のように疲れている。

その日も、そう時間はかからずに眠りは訪れた。

——毎日のように、夢を見る。

シュルムトが、無事に王都に戻ってくる夢だ。

そうして桜子を訪ねてくる。話したいことがあった。多くの話すべきことがあって、桜子は駆け寄って話しかけようとするのだが——

いつも、そこで夢は終わる。

——また同じ夢だ。目覚める直前に、そう思った。

だが——

「……シュルムト？」

今日は違っている。

そこにシュルムトがいる――ように見えた。

桜子は、夢と現《うつつ》の境目を半ば見失う。

「驚かせてすまん。ラシュアに起こさせるつもりだったが、時間がない。――このような場では言い訳にしかなるまいが、誓いを破るつもりは――」

言い訳らしきことをシュルムトは言っていた。指一本触れない、というのが婚約の時の約束だったからだ。だが――そんなことはどうでもよかった。

そこにシュルムトがいる。

桜子はなにを考える暇もなく、跳ね起きてシュルムトを抱きしめた。

「生きてるんだよね？　夢じゃ……ないよね？　ちゃんと生きてる？」

「あぁ。生きている――お前も、無事でなによりだ」

「皆が守ってくれたもの。大丈夫。よかった……本当によかった……！」

温かい。生きている。桜子は、心から神様のようなものに感謝した。

「時間がない。お前に頼みがある」

「……っていうか、どうしてここにいるの？　囲まれてるんじゃ……うぅん。なんでもない。どうぞ。ちゃんと聞きます」

身体を離す。血と泥の臭いがする。それは、王都に至るまでの道が険《けわ》しかったことを物語っていた。

「ありったけの食糧を出し、明日の夕刻より、太陽の広場で夜を徹して炊き出しを行ってくれ。中央区の真ん中で、青鷹団《あおたかだん》の名を使い、できるだけ派手にだ。既に各所に連絡はしておいた」

「わかった。任せて」

関係者に連絡済みなら、シュルムト本人がわざわざここに来る必要はない。

だから桜子は、シュルムトがなぜ今ここにいるのかについて、それ以上確認はしなかった。

——気持ちは十分に届いたからだ。

胸がいっぱいになり、涙が溢《あふ》れてくる。

「すぐに行かねばならない。——泣かないでくれ。お前に泣かれると弱い」

シュルムトの指が、桜子の頬を拭《ぬぐ》う。

桜子はシュルムトの身体をもう一度抱きしめた。

「私なら大丈夫。——必ず戻ってきて。……信じてる」

シュルムトは少しだけ躊躇《ためら》った後、ぎゅっと強く桜子を抱きしめ返した。そうして「服を汚してしまった。すまない」と言って出ていった。

一瞬の出来事で、夢だったのではないかとも思う。

だが、夢ではない。

桜子の寝間着には泥がついていた。彼が、ここにいた証《あかし》だ。

そう思うと、汚れも愛おしく思えた。

——夜明けを待ち、桜子は行動を開始した。

シュルムトが炊き出しを依頼してきた目的はわからない。だが、ありったけの食糧で——と言うのだから、きっと大きな勝負をかけるつもりなのだろう。

にこにこ商店街には、祭りをはじめ数々のイベントで培《つちか》ったノウハウがある。それを信頼して彼は桜子に頼んできたはずだ。

——全力で応《こた》えたい。

神殿の奥宮《おくみや》に向かい、ブラキオに話を通す。それから厨房《ちゅうぼう》に入った。

「皆さん！　お疲れ様です！　国軍から、作戦行動に協力してもらいたい、との要請がありました。我々の役目は、今日の夕方から夜通し、中央区の太陽の広場で炊き出しを行うことです！　私は、私たちの作った食事を王都中の人に振る舞うことで、王都の外で戦う国軍の皆さんを助けたい！　これは志願者のみに依頼するものです。我こそはと名乗りを上げてくださる方は、どうか力を貸してください！」

一瞬、水を打ったように静かになった厨房《ちゅうぼう》が、ワッとわく。

すぐに神殿の厨房は、文字通り戦場の如《ごと》き様相を呈した。

桜子は、本殿にいる避難民の人たちにも、同じように声をかけた。運搬には多くの人手が要《い》る。

エテルナ神殿にいる誰一人として、参加を断る者はいなかった。

「スープができたよ！　さぁ、持ってってちょうだい！」

「空いた鍋があったら、走って運んでくるんだよ！」

女たちが厨房《ちゅうぼう》で調理し、男たちが運んでいく。

桜子は、最初に焼けたふわふわパンを抱えて、会場になる太陽の広場へ向かう。途中で月の光亭に寄った。こちらもフル稼働だ。

「お疲れ様です！　明日まで大変ですが、よろしくお願いします！」

「大丈夫ですよ！　こっちは任しといてください！　コヴァド少将様のためなら、皆なんだってしますから！」

額《ひたい》に汗を浮かべた店主のシオが、笑顔で言う。

桜子が広場に着くと、青鷹団《あおたかだん》の面々が会場をセッティングしていた。屋台が並んだような状態になっていて、まるで祭りの時のようだ。

「お疲れ様！　パン運んできたよ！」

指示をしていたウルラドが、笑顔を見せた。

「マキタ様。ご協力に感謝します」

「まだ詳しい話を聞いてないんだけど――私たちは派手に炊き出しをするだけでいいの？」

ウルラドは、少し屈んで声を落とした。

「シュルムトに、お会いになりましたか？」

「うん。でも、どうやって王都の中に入ったの？」

「王家に伝わる秘密の抜け道――だそうです。彼の働きで、やっと国軍との共闘がかないました。――これは、いまやアガト公の傘下に入った都護軍《とごぐん》には秘しての行動です。この炊き出しで都護軍の目をそらしている間に、青鷹団《あおたかだん》の弓弩隊《きゅうど》が城壁に移動し、攻撃の機会を待つ形になります。広場の使用許可は、マサオ殿の名で取りましたので、ご安心を」

なるほど。青鷹団《あおたかだん》が国軍と一緒に攻撃に出る――までの間、都護軍《とごぐん》の目をそらすのが、桜子の役目のようだ。

「わかった。そういうことなら、こっちは任せて」

ウルラドは恭《うやうや》しく桜子の手にキスをし、爽《さわ》やかな笑みを残して去っていった。

中央区の階段から、大きな干し肉が運ばれてくるのが見える。南区からも、鍋が次々と運ばれてきた。

「マキタ様！　もう集まってる連中がいるんで、並ばしときます！」

ハロが手を振りながら報告にきた。朝から炊き出しの告知をするべく王都中を回っていた白バラ歌劇団の面々が、戻ってきたようだ。

「了解。お願いね！　あんまり人数が増えるようなら、早めに始める！」

見ればベキオが中心になって、集まった都民を誘導している。演芸場に並ぶ観客の扱いに慣れた彼らならではの手際のよさだ。

どんどん人が集まってくる。

ベルーガ兵の包囲は続き、先が見えない。食糧の蓄えにも不安がある。そんな時に、大規模な炊き出しが行われるのだ。それもこれだけ豪華な内容ならば、誰しもが魅力を感じるだろう。

ガルドが薪《たきぎ》を積んだ台車を運んでくる。

「嬢ちゃん。派手にやんなら、篝火《かがりび》の数を増やしとくぜ」

「それいいですね！　お願いします！」

できるだけ派手に——というのがシュルムトの要望だ。ならばそれに全力で応《こた》えたい。都護軍《とごぐん》が放っておけなくなるような規模にしなければ。

瀬尾が商店街のスタッフと一緒に、鉄板を運んでくる。

「肉も持ってきましたよ。ほんとにここで焼くんですか？」

「うん。ビュッフェの花形っていったら、やっぱり実演コーナーじゃない？　派手にやりたいの」

さっそく大きな肉の塊《かたまり》が炙《あぶ》られて、甘く香ばしい香りが辺りに漂《ただよ》い始めた。

そんな賑《にぎ》わいの中、一人、また一人と青鷹団《あおたかだん》のメンバーが消えていく。彼らは作戦に従って、城壁の方に向かっているはずだ。

日が傾く頃には青鷹団《あおたかだん》の移動が終わり、警備の配置も完了した——と副団長のトラントが報《しら》せにきた。彼が青鷹団の残留部隊の指揮を執《と》るようだった。

「お待たせしました！　これから、青鷹団による炊き出しを始めたいと思います！」

ワッと一斉に人が押し寄せる。

燻製肉《くんせいにく》に、干し肉。スープにパン。パエリア。揚げパン。酢漬けにイモ料理。どれも山と積まれ、皿に盛られている。

「押すなよー！　いくらでもあるから、がっつくな！」

白バラ自警団の面々が、声がけをしながら巡回している。

空いた鍋を運んでいく人と新しい鍋を運んでくる人がすれ違う。パンやパエリア、ピザのような料理も続々と並ぶ。

人でごった返す広場に、都護軍《とごぐん》の兵が現れたのは月の出る頃だった。

誰の許可を得てこの催《もよお》しを行っているのか――と尋ねにきたという。トラントが、マサオが申請した広場の使用許可証を示したところ、すぐに帰っていったそうだ。

「マキタ様。いったん都護軍《とごぐん》は退《ひ》きましたが、あちらも我々の行動を疑っているようです。恐らく、また次の手でくることでしょう。明朝まで時間を稼ぎたいのですが……」

トラントの報告に、桜子は「任せて」と胸を叩いた。

こんなこともあろうかと作戦は練っている。

「南区が誇る、白バラ歌劇団の皆に頑張ってもらう予定。美味しいご飯に、楽しい舞台。平和な集まりだってアピールするの！」

「なるほど。わかりました。いざという時は神殿を頼るよう、マサオ殿から指示を受けております。私はそちらに依頼をして参りましょう」

桜子はトラントと別れて、白バラ歌劇団団長のベキオを探す。

「ベキオくん！」

炊き出しの列を整理していたベキオに声をかける。

「マキタ様。少し行列も落ち着きましたし、そろそろ、もう一度炊き出しを触れ回って参りましょうか？」

「ありがと。ベキオくん。でも、先に頼みたいことがあるの。——ここで歌ってほしい」

突然の依頼に、ベキオは驚いていた。

「ここで——歌うのですか？」

「そう。ここで、今歌ってほしい。……あの歌！　えぇと……ほら、神殿でよく歌ってた……」

桜子は、その場で鼻歌を歌ってみせた。多少音程が外れてしまったが、気にしてはいられない。

この国に来て間もなく、まだ神殿でパンづくりをしていた時に聞いていた歌だ。パンが焼けるのを待つ間、ベキオは中庭で弾き語りをしていた。何度も聞いていたので、はっきりと覚えている。

「あれは……あまり客受けがよくない歌なので……」

「あの歌がいい。——お願い。神殿でパンが焼けるのを待ってる時、ベキオくんの歌を聞いてよく泣いてた。この国で聞いた歌の中で一番好き。こういう辛い時だからこそ、皆にも聞かせてほしいの」

たとえ飢《う》えに苦しんでも、強《し》いられては歌えない。そう言っていたベキオの説得に、また時間がかかるだろうか——と思ったが、彼はあっさり「わかりました」と快諾してくれた。

そして炊き出しを触れ回る時に使っていたリュートを、背から下ろす。

「我が女神。そのお言葉をいただくために、神々は私に音楽を授けたのかもしれません。——お任せを」

ベキオは、一度リュートで和音を奏《かな》でてから、優雅に一礼する。

周りにいた劇団員が集まってきた。その中には、桜子がスカウトした東区の歌姫もいる。

しばらくして、リュートの音が辺りに響き、澄んだ美しい歌声が流れはじめた。

「一切れのパン　一杯のブドウ酒　愛する貴方の微笑み
穏やかな眠り　愛する貴方の温もり
私がほしいのは　ただそれだけ　貴方のいるささやかな日常」

広場の人たちが、その歌を聞こうと階段の前に集まり始めた。

篝火《かがりび》の下、ゆるやかな時間が流れ始める。

——私がほしいのは、貴方のいるささやかな日常。

なにも多くのものを望んでいるわけではない。

ただ、当たり前の日常を取り戻したいだけなのだ。

この戦争の最中、どれだけの人がささやかな日常を心から願っているだろう。国軍の兵や民兵を送り出した家族もきっと、大切な人の帰りを待っているだろう。

桜子は、シュルムトのことを思った。

今まで桜子は、当たり前の日常をシュルムトと共にしたことがない。

ただ穏やかに言葉を交わしたことなど、何度あっただろう。

他愛もない話がしたい。

帰ってきて。——きっと、帰ってきて。

ベキオのリュートと歌姫の歌に、いくつもの声が重なっていく。

空には数多《あまた》の星が瞬《またた》いている。

歌と同じように、人々の祈りも重なっていくように思えた。

――深夜になっても、広場は熱気に包まれていた。

炊き出しに並ぶ人の列は短くなったが、広場に留《とど》まりワインを飲みながら歌を聞き、そして共に歌を歌う人たちが大勢残っている。

日付をまたぐ頃――都護軍《とごぐん》の十数人の兵が広場に下りてきた、と聞いて桜子は、広場の入り口に向かった。既に人だかりができている。

「都民から治安を乱すとの訴えがあった。とにかく、一度解散していただけまいか。我らとて騒ぎにはしたくない」

人だかりの隙間から顔を出せば、見覚えのある顔が見えた。シュルムトの部下だった人だ。

「しかし、許可は取ってあります」

トラントが対応している。都護軍《とごぐん》の兵はシュルムトの部下であっただけに、青鷹団《あおたかだん》と事を構える勢いはないようだ。

そこに、突然怒号が起きた。

ベキオたちの周りで歌っていた若者たちだ。

「役立たずどもはひっこめ！　貴族しか守らねぇ腰ぬけめ！　王都は中央区だけじゃないんだぞ！」

「都護軍《とごぐん》が代わりに飯食わせてくれるのかよ！」

若者たちが都護軍に食ってかかり、一気に緊張感が高まる。

（うわ。マズいかも！）

都護軍《とごぐん》の目を引き付けるのが役目だが、暴動に発展させるわけにはいかない。

更に中央区の階段を、二十人ほどの兵士が駆け下りてくる。こちらはもう臨戦態勢である。

「散れ！　これ以上この広場を占拠すると、全員投獄するぞ！」

先ほどまで紳士的に応対していた兵士が、上官らしい男の剣幕に眉を寄せる。

「中尉殿、事を荒立てないでください」

「黙れ！　この広場の使用許可は棄却された！　散れ！　即刻解散だ！　これ以上続ければ、貴様らを治安を乱す暴徒と見なす！　代表はどこだ！」

都護軍《とごぐん》の中尉の言葉に、辺りは騒然となった。

この場の代表は、広場の使用許可を申請したマサオだ。だが、マサオは弓弩《きゅうど》隊と共に城壁にいる。探されては都合が悪い。

朝までは間がある。なんとか時間を稼ぎたいところだ。

（とりあえず、私が出た方がよさそう）

桜子が一足踏みだそうとした時だった。

桜子より早く、兵たちの前に立った者がいた。

白い神官服を着た一団だ。

「パリサイ神殿の者です。炊き出しに参加させていただきます」

「アーガ神殿の者です。同じく、参加致します」

その神官集団の中心に、ブラキオがいる。

「エテルナ神殿神官長のブラキオと申します。解散を命じるということは、神殿による慈善活動を都護軍《とごぐん》が妨害した――と見なしますが、よろしいでしょうか？」

ブラキオの言葉に、都護軍《とごぐん》の中尉が怯《ひる》んだ。

王都の神殿は、国の支配を受けていない。

マサオが神殿を頼れ、と言ったのは、都護軍《とごぐん》の一存では神殿を相手に争い事が起こせないからだろう。

少し離れたところで、歌姫がまた美しい声で歌いだす。

私がほしいのは、一切れのパン。一杯のブドウ酒。愛する貴方の微笑み。

周囲にいた人たちが、声をあわせる。

「お引き取りを」

ブラキオの有無を言わせぬ態度に、都民たちが歌うことで示した抗議。さすがの中尉も分が悪いと判断したようだ。

お約束の「覚えてろよ！」という捨てゼリフと共に去っていった。

一瞬、場はわき立ったが、すぐにまた穏やかな空気に戻る。

歌が響き、篝火《かがりび》は輝く。

長い夜だった。その夜が明けようとした頃――

ドン……ドン……

城壁の外から、鈍《にぶ》く恐ろしい音が聞こえてきた。
ベルーガ軍の攻撃が、また始まったのだ。
南区よりも城壁から遠い場所にいるはずなのに、音が近い気がする。
騒がしかった広場はひどく静かになった。人々が身を寄せ合うように立ち尽くす。
「狼煙《のろし》だ！」
遠くで声がした。
どこでなにが起こっているのか、桜子は咄嗟《とっさ》に理解できない。
人々の目が、城壁の方に向かっている。
「あ……」
城壁から、勢いよく煙が上がっているのが見えた。神殿の狼煙《のろし》よりも勢いがある。
（あれ、マサオさんの煙筒じゃ……）
広場にいた人々の目が、煙筒の煙に向かっている間に――
ワッと、西区の方から声が上がった。馬蹄《ばてい》の音が辺りに響く。
広場は大きなざわめきに包まれた。
音はするが、桜子のいる場所からは、なにも見えない。
馬蹄《ばてい》の音は広場の横を駆け抜け、大門に向かっていった。
なにが起きたのか――
しばらくして、様子を見にいった若者たちの情報が広場にも伝わる。

「コヴァド少将がお戻りになった」

「兵を引き連れ、城の外に出陣なさった」

そんな声が聞こえた。

今の騎馬隊を率いていたのがシュルムトだったようだ。

いつの間にか、投石器の音は聞こえなくなっていた。替わって聞こえてくるのは、ワーッという人の声と金属のぶつかる音だ。

王都の外で、戦闘が行われている。

恐らく、炊き出し作戦は役割を果たしたのだ。もう自分たちの出る幕ではない。

「ガルドさん！　皆さんに、どこか建物に避難するように伝えてください！」

「おぅ！　任しとけ！」

ガルドは白バラ自警団を引き連れ、広場にいた人々を近くの建物へ避難させた。

桜子もラシュアに守られ、瀬尾と一緒に近くの講堂へ移動する。

――どれくらいの時間が経っただろうか。

次第に明るくなっていく空を、講堂の窓から見ていた。

周囲はとても静かで、城外の戦闘の音が微《かす》かに聞こえてくるだけだ。

人の声。金属の音。馬の嘶《いなな》き。

瀬尾はずっと黙っていたが、その長い時間の間に一言だけ喋《しゃべ》った。

「戻ってきますよ。きっと」

桜子は、自分がそれにどう答えたかを覚えていない。

――この包囲戦は後に『王都五十六日戦争』と呼ばれることになる。

ベルーガ軍の包囲から解放までの日数が由来だ。王国では七の倍数が好まれることから、五十六日と呼ばれているが、実際は五十八日だ、としばらく後になってマサオが言っていた。桜子の体感としては「だいたい二ヵ月」だった。

この一連の戦闘に、桜子は関わっていない。そのため王都五十六日戦争の最終日に起きたことを知るのは、すべてが終わった後のことである。

あの日、桜子たちが炊き出しで都護軍《とごぐん》の目を広場に集めている間に、青鷹団《あおたかだん》は弓弩隊《きゅうど》をまとめて城壁に移動した。

この間、シュルムトは王族にのみ伝わる秘密の抜け道――片道二時間かかるという――を使って、王都と城壁の外の行き来をしていたそうだ。

そして密《ひそ》かに王都内にいる国軍を掌握《しょうあく》。さすがにこの局面では、貴族が、軍が、という軋轢《あつれき》はなかったようだ。

そして夜明けと共に攻めてきたベルーガ軍に対し、青鷹団の弓弩《きゅうど》隊が一斉に矢を放った。

通常の弓よりも射程が長いマサオ特製の弩《ど》だ。射程から外れた距離を保っていたはずが攻撃を受けたベルーガ軍に、混乱が起きたことは想像に難くない。

青鷹団は、この作戦の成功を煙筒で各所に報《しら》せた。

報《しら》せを待っていたのは、砦《とりで》付近で待機していた国軍の一隊と、西区で待機していたシュルムトだ。砦《とりで》近くにいた国軍は背後からベルーガ軍に襲いかかり、シュルムトは大門を開け出撃した。

王都解放をかけた戦闘は、おおよそ三時間続いたという。

城外での戦闘が比較的短時間で終了した理由についても、桜子はマサオから聞いた。

国軍の目的は包囲を解くことで、殲滅《せんめつ》ではなかったそうだ。ベルーガ軍も食糧の略奪が目的であり、当初の目的を達成できないとわかった以上、犠牲を払ってまで留《とど》まるメリットは薄かったのだろう。

——大門が開いた、と、外で声が聞こえた。

——コヴァド少将だ！

——コヴァド少将の勝利だ！

遠い歓声が聞こえてくる。

その声で、桜子は戦闘の終了と国軍の勝利を知った。

とうに辺りは明るかったが、その報《しら》せは雲間に射す光のように王都民の耳に届いたはずだ。

声に誘われ、桜子たちも講堂の外に出る。

大門から続く大きな道に向かって、人々が歩いていく。

桜子もそれに続いた。

道には、すでに人垣ができていた。戦いを終えた兵士たちが戻ってきているようだが、騎馬兵と槍の頭しか見えない。

この王都を救った英雄たちの帰還を祝う歓声は次第に大きくなり、熱を帯《お》びていく。

桜子は広場の階段を上がり、やっと姿を見ることができた。

土にまみれ、大なり小なりの傷を負っている兵士もいるようだ。

国軍も、都護軍《とごぐん》も、民兵もまじっている。

「コヴァド少将だ！」

遠くで声がした。

——いた。

馬上にあるシュルムトの姿が見えた。

生きている。——無事だ。

シュルムトがこちらを——桜子を見る。

こんなに大勢の人がいる中で、シュルムトはどうして自分を見つけることができたのか。

——自分の髪が、王都ではごく珍しい漆黒であることなど、その時は頭にはない。

だから、それがひどく劇的な邂逅《かいこう》に感じられた。

そして——周囲の人々も同じように思ったのだろう。

人が道を作る。シュルムトは、馬を下りてこちらに近づいてきた。

顔は泥だらけで、血が赤黒く乾いていて。左腕には怪我もしている。

この英雄は、命を賭《と》してこの王都を守ったのだ。

婚約者の演技《フリ》は必要なかった。わき上がる自然な感情に任せ、彼を思い切り抱きしめたい、そう思った。

しかし桜子はそうはしなかった。

小さな手ぶりで、シュルムトに止まって、と示す。

シュルムトの足が止まったと同時に、桜子はゆっくりと跪《ひざまず》き、胸に手を当て頭を下げる。

――この青年を王にしたい。

王都の危機を救うために命を賭《と》し、それを成し遂げた英雄こそが、この王国を統《す》べるのに相応《ふさわ》しい。

だから、桜子は彼の婚約者としてではなく、『エテルナの巫女《みこ》』として、彼を言祝《ことほ》ぐことを選んだのだ。

大きく息を吸って、顔を上げる。

「コヴァド少将。ご戦勝、心よりお祝い申し上げます」

神々に愛された英雄の、蒼穹《そうきゅう》の色の瞳に向けてそう言った。

「コヴァド少将万歳！」

最初に叫んだ声は、恐らくガルドだ。

シュルムトが手を伸ばし、桜子を立たせる。

「コヴァド少将万歳！」

「コヴァド少将万歳！」

その唱和は、見る間に周囲に広がった。

王都中が震えるほどの声に包まれて、シュルムトはすぐ傍にある広場の台の上に立った。

帰還した兵らも、続々と集まってくる。

「コヴァド少将万歳！」

その唱和の中、シュルムトの手ぶりに応じ、近くにいたウルラドとマサオも台に上がった。

「勇敢なる諸君の健闘に、感謝する！」

シュルムトの声が、広場に響き渡る。

すぐ傍で台上を見上げる桜子は、胸が震えるほどの感動を覚えていた。

この国の歴史に刻まれるであろう瞬間に、自分は今立ちあっているのだ。

赤い髪の指導者と黒髪の軍師を従えた、勇敢なる王子。

――ユリオ王の再来、と呼ばれるのに、これほど相応《ふさわ》しい人がいただろうか。

「王都五百年の歴史において、初めて迎えたこの国難を戦い抜いた勇敢なる猛者《もさ》たちよ！　諸君らの働きで危機は去り、王都は守られた！　誇れ！　諸君らは自らの手で、この土地を、愛する家族を守り抜いた！　ユリオ王の末裔《まつえい》、シュルムト・ヴァン・コヴァド・クラスフトの名において、諸君らの健闘を心から称《たた》えたい！　諸君らの名は、この先千年の歴史が決して忘れぬ！」

コヴァド少将万歳！　と、更に大きな波のような声がわきあがってくる。

「しかし、兵も民も、王都もまた傷ついた。我らはこの戦いにおける崇高なる勇者の死を悼《いた》み、傷ついた者を助け、この先千年の繁栄を自らの手で取り戻さねばならぬ。だが……王国軍第三師団を除き、明日正午まで全軍を解散する！　家に帰れ！　母に甘え、父と語り、妻子を抱きしめてやれ！」

わぁーっ！　と、大きな歓声がわき起こる。

喜びが王都中に満ちた。

兵士は大声をあげて互いに抱きあい、涙した。解放された都民たちもまた、互いを抱擁《ほうよう》しあう。

桜子もすぐ傍にいた瀬尾やガルドと背を叩き合い、喜びを分かちあった。

――しかし。

純粋な感動で満たされていたのは、僅《わず》かな時間でしかなかった。

戦争というものが、戦闘の終了と同時に終わるものではない、ということを、桜子は次の瞬間に理解する。日常に戻るまでが戦争なのだ。――日常に戻るためには、人の手が必要になる。

シュルムトはその場で、各所に指示を出しはじめた。

「都護軍《とごぐん》は明日の昼までに再編成させ巡回を強化する。それまで青鷹団《あおたかだん》の力を借りるぞ」

「承知した」

シュルムトの言葉に、ウルラドが頷く。

「伯。早急に城壁の復旧を頼む。財源は伯父だ。人も好きに使ってくれ。復興を印象づけたい。迅速に願う」

「わかった。手を尽くす」

マサオも頷いた。

「第三師団の連中は、引き続き哨戒《しょうかい》を続けろ。……休みはないが、落ち着き次第、俺が私財を投じて色街を貸し切りにしてやると伝えておけ」

シュルムトの副官らしき将校が「は」と真面目に返事をした後「王妃様の御前です」と小さく苦情を言っていた。――王妃様、というのはまだ婚約しただけの桜子には早い呼称だったが、誰も違和感を訴える者はなかった。

「やることは山程あるぞ。……正念場だ、ウルラド」

「望むところだ」

ウルラドが爽《さわ》やかな笑顔で言う。

「マサオ殿。時代が変わる」

「変わるのではない。変えるのだ。シュルムト」

マサオも晴れやかな笑顔で言った。

この場にいた誰もが、感じたのではないだろうか。

時代が変わる。新しい時代がくる。――コヴァド王の時代がくる、と。

「セオ、南区は任せる。サクラを借りるぞ」

桜子の後ろにいた瀬尾が「はい。……って、俺ですか？」と一人で乗りツッコミのような返事をしていた。

「私は、なにをすればいいの？」

「王宮にいてもらいたい。エテルナの巫女《みこ》の看板を借りることになるだろう」

新しい時代がくる。その時桜子は、『南区のマキタ』ではなく『未来の王后《おうこう》』になるのだ。

次の戦場は、王宮になる。

そこに自分の果たすべき役割があるということを、ごく自然に桜子は受け入れていた。

「了解。すぐに行く」

「セオに伝えることがあれば伝えておけ。先に王宮に戻る。ラシュアから離れるな」

シュルムトは、馬に乗って王宮へと戻っていった。

瀬尾を見る。

にこにこ商店街なら、きっともう大丈夫だ。

スタッフたちには、もう桜子の指導など必要ない。ガルド率いる白バラ自警団もいる。

「――じゃ、頼むね、瀬尾くん」

「任せるなら、あとで文句言わないでくださいよ」

それはなんと瀬尾らしい言い分だったろうか。これまで彼と過ごした日々が、走馬灯《そうまとう》のように頭をよぎる。

踵《きびす》を返す瀬尾の背中に、桜子は声をかけた。

「瀬尾くん！　私、瀬尾くんの絵すごく好き！　ごめん、それだけ！　じゃあ！」

なんのために、この世界にいるのか。――マサオの邸《やしき》で瀬尾が口にした時、桜子はなんのフォローもできなかった。

だが今、瀬尾と離れる前に、その言葉だけは伝えたいと思った。答えになっていないことはわかっていたが、どうしても伝えずにはいられなかったのだ。

「――あとは帰るだけです！　お互い頑張りましょう！」

瀬尾は振り返ってそう言った。

そうだ。異民族の侵攻という大イベントまで乗り越えた今、残る課題は一つ。

――日本に帰ることだけだ。


王都解放の翌日、ベルーガ連合国とガシュアード王国の間で終戦の調停が行われた。

戦争は終わった。そして戦後が始まる。

その武功をもって、シュルムトは少将から、大将を飛ばして国軍司馬《しば》という地位に上がった。精力的に国軍の再編成を進めているようだ。

都護軍《とごぐん》の大将であったハラートを含め、上層部にいたアガト派の貴族らは、戦時中の不手際を理由に更迭《こうてつ》された。

――戦時中の不手際。言葉では僅《わず》か七文字だが、三十三名の民兵と、五名の都護軍《とごぐん》の兵士が命を落としている。

「アガト公は功を焦ったのだ。シュルムトの活躍が、息子の王位への道を妨げると思ったのだろうな。徒《いたずら》に兵を死なせた。到底許せることではない」

終戦から数日後、王宮に来たマサオがそう言っていた。

あのシュルムトが決行した王都解放作戦の最中に、ハラート王子は国軍との連携を一切行わず、民兵と都護軍《とごぐん》を連れて出撃していたらしい。

素人《しろうと》の桜子でさえ無謀《むぼう》だと思った。そして、マサオが言うように許せない、とも感じた。

シュルムトから民兵の戦没者リストを受け取った時、桜子のその感情は憤《いきどお》りに変わる。南区のディルゴの名前が、そこにあったのだ。

マサオが帰った後、シュルムトが桜子の部屋に来た。

「戦死者の遺族を、見舞ってもらいたい」

シュルムトは、民兵の戦没者の遺族へ見舞金を手渡してほしい、と桜子に頼んできた。

王宮に住むようになってから、桜子は西殿という建物の二階に部屋を与えられている。ここはコヴァド公の住まいで、東殿にはアガト公が住んでいるそうだ。

その西殿の一室にやってきたシュルムトは、桜子が「わかった」と返事をすると、すぐに出て行った。

シュルムトは戦後多忙を極め、王宮内での会議に、西区での軍議にと、休む暇もない様子だ。桜子の部屋に足を運ぶことはあっても、用事だけを伝えてすぐに帰ってしまう。

(――シュルムトの責任じゃないのに)

先ほど彼がこの部屋にもう少し長く滞在していたならば、桜子はきっとそう口にしていたはずだ。

だが、誰がやった誰が悪い、そんなことよりも、遺族の気持ちを慰《なぐさ》めることの方が何倍も大事だということはわかっている。それには、政治から遠い場所にいる桜子が適任なのだろう。

「マキタ様。お客様です」

シイラに声をかけられた。元エテルナ神殿女官長のシイラは、イーダと共に桜子の侍女として王宮に再就職している。知った顔が身近にあるのは心強いことだ。

「はい。――どなた？」

「シュルムト様からのご紹介だそうです。……どうぞ。お入りください」

シイラが声をかけると、「失礼致します」という生真面目そうな声が聞こえた。

「お初にお目にかかります、マキタ様。アウラ、と申します。王宮蔵書室記録官を拝命しておりまして、この度、マキタ様の祐筆係《ゆうひつ》に転属することに相成りました」

桜子よりも年上に見える。アラサーくらいだろうか。声や口調の印象通り、硬質な雰囲気だ。背が高く、割合にがっしりとした体型の女性だった。

祐筆係《ゆうひつ》といえば、代筆が主な仕事のはずだ。まさに今、見舞金に添える手紙を書こうと思っていたところである。さっそく桜子は、アウラに初仕事を頼むことにした。

翌日から、リストをもとに、桜子は王都だけでなく、城外農家も含め見舞いに足を運んだ。

なぜ家族が死なねばならなかったのかを、遺族たちは既に知っていた。

――息子はハラート様に殺されたんです。

――あんな間抜けな王子に、王になってほしくない。

桜子は一緒に涙を流しながら、慰《なぐさ》めの言葉をかけるしかなかった。

城外から順に回り、南区にも足を運んだ。最後に、にこにこ商店街へ向かう。

ディルゴの母親のウバは、青果店で働いていた。だが、桜子を見ると泣き崩れ、奥に入るのに人の手を借りるほどの嘆きようだった。

「——あの子は、ほんとに昔からやんちゃで……」

胎内に命が宿って、腹が少しずつせり出してくる。お産をして、生まれたばかりの赤ん坊の世話に明け暮れ、日々の成長を喜ぶ。這《は》い、立ち、歩き、走る。誰からも愛された三男坊の歴史は、にこにこ商店街で働き始めた頃から、桜子も知るものになった。

母親の作る鶏のスープが好きだったこと。月の光亭の看板娘に恋をしていたこと。ニワトリの羽根を頭につけながら、避難計画を手伝ってくれたこと。

どれもまだ、はっきりと覚えている。桜子は泣きながらウバの話を聞いた。

帰り際になって、ウバは言った。

「シュルムト様なら、きっといい王様になりますよ。マキタ様が王后《おうこう》様になったら、どんなにいい国になるか。……あの子も、そう言ってました」

そうして桜子に「安産のお守りです」と謎の布の固まりを渡す。

遠慮できる状況ではなかったので、桜子はそれを受け取った。

王都解放から二週間ほどが過ぎている。ついでなので、桜子はその足で瀬尾がいる神殿に向かった。だが——

「黒魔術でも始める気ですか？」

神殿に着く頃には、奥宮《おくみや》にいた瀬尾にそうコメントされるような状態になっていた。

にこにこ商店街から、神殿に到着するまでの間に、ものすごくたくさんの『安産のお守り』『子宝に恵まれるお守り』『乳のよくでるお守り』などが手渡されたのだ。それらが、動物の角であったり、尻尾であったり、また卵の殻であったり、人の形をした布であったために、揃うと黒魔術感満載になってしまった。

「黒魔術で帰れるなら苦労しないけどね」

「ですね」

奥宮《おくみや》の中庭にある東屋《あずまや》に、瀬尾と二人で座る。

初めてこのエテルナ神殿に来た時、ここですきっ腹を抱えて、『ガシュアード王国建国記』の話を聞いた。あれから三年が経とうとしている。

「……雰囲気的に、なんとか帰る方向には進んでるっぽい」

塔の警告を避けるには、あまり踏み込んだ話はできない。桜子は瀬尾に、簡単に近況を報告した。

あと三週間で、祭りだ。

春に王太子が死亡しているため、今年の祭りの最終日に『立太子の儀』が行われることは決まっている。

現状、ハラートが儀に臨《のぞ》むことになってはいるが、候補者の資質に疑いがある場合は、次の候補者も共に『儀の間』に立つことになる。そして、どちらが次の王太子にふさわしいか、塔の採決に委《ゆだ》ねるのだ。

世論と元老院での評価から、シュルムトも候補に上がる方向で進んでいるらしい。

「槇田さん、RPG《ロールプレイングゲーム》とかやったことあります？」

突然の問いに、桜子は「あるよ」と答えた。

「学生の頃、やったことあるよ。なんで？」

「ああいうのって、一つ課題をクリアすると、次の課題のヒントがチラッと見えるじゃないですか。こっち来てから、だいたいそういう展開でしたよね」

瀬尾の目が、黒魔術グッズに注がれている。

「……もしかして……え？　なに、それ、瀬尾くん、なんの話？」

「俺たち、帰れるんですか？」

なにかしらの条件をクリアできなければ、塔に入っても帰ることは不可能だ。

だが、それは口にはできない。――命に関わる。この会話も塔は聞いているだろう。

「……ごめん。言えない」

「わかってます。でも――森本さんが、これまでなにをしてきたか。それが、ヒントなわけですよね？『森本さんがしたこと』で、『俺たちがしてないこと』」

その目は、やはり黒魔術グッズを見ている。

「まさか」

桜子は記憶を辿《たど》った。

森本はこの国で、帰るために必要なことをしている。財を得、為政者《いせいしゃ》と接触した。

彼には日本に妻子がある。だが、この国でも結婚をし、子供を授かっている。

そして帰る条件を満たしているかどうかは、見ればわかる――はずだ。森本は、自分は帰ることができるが、桜子たちは無理だと断言していた。つまり、その条件は、外から見て判断できるということだろう。

——あの時、森本は桜子の身体を見てはいなかったろうか。

あれは、彼は桜子が妊娠しているかどうかを、見ていたのではないか。

桜子の目の前には、出産関連のお守りが山と積まれている。

その時、神殿の女官に戻ったアイシャが「マキタ様。王宮からお使いの方がお見えです」と声をかけた。

「急に申し訳ありません。コヴァド公妃様がお話があると——」

桜子と瀬尾はパッとそちらを見る。——そこにいたのは、祐筆《ゆうひつ》のアウラだった。

二十九歳、独身。長身で、がっしり型という、瀬尾のごく狭いストライクゾーンから大きく外れた女性だ。

——桜子も知りたくて知っているわけではないが、瀬尾の好みは、凹凸《おうとつ》の少ない華奢《きゃしゃ》なハイティーンだ。アウラとの間になにが芽生える予感もしない。

だが、今、彼女はここに現れた。

思わず、桜子と瀬尾は顔を見合わせる。この国に来てからこれまでの流れから推測するに——意味がないことだとは思えない。

「——まさか」

今度それを口にしたのは、瀬尾の方だった。

（一体なんなの？　この話、どこに向かってるわけ？）

――アウラと一緒に馬車で王宮に戻る間、桜子は頭を抱えたいような気持ちになっていた。

桜子の横には、山と積まれた黒魔術グッズがある。

（……ほんと、どこに向かってるの？）

そして王宮に戻り、パヴァに笑顔で「お茶でもいかが？」と誘われた時、桜子はある種の覚悟を決めた。

（これは――くる）

西殿の一階のテラスは優雅だが、桜子の心に余裕などなかった。断崖絶壁《だんがいぜっぺき》に追い詰められたような気分だ。

「はっきり言わせてもらうわ。――あの子を王位に就《つ》けたい。婚儀の日程だけでも決めてもらいたいの」

予想通りの言葉だ。

この国では、配偶者や実子の有無が継承権に影響を与える。

いかに世論が味方していると言っても、シュルムトはまだ桜子という婚約者がいるだけで、独り身だ。

ここで婚儀を確定させることに意味があるのは、桜子にも理解できる。

更にパヴァは続けた。

「ダシュアンにいるミーファァ王妃が、ご懐妊《かいにん》だそうよ」

桜子は息を呑む。恐れていた事態が——今、このタイミングで起きてしまった。

「ご懐妊《かいにん》……ですか」

「シュルムトに世話を頼まれて、私がダシュアンで仕事を紹介した子がいるんだけど——エテルナ神殿の女官をしてたエマという子。覚えてる？」

「覚えてます。——元気ですか？」

エマは、心ならずも森本のスパイをしていた元女官だ。逐電《ちくでん》した、と聞いていたが、シュルムトが再就職先まで世話をしていたとは知らなかった。

「元気よ。その子、ダシュアンの貴族のお邸《やしき》で働いていたんだけど、最近になって庭師と結婚したの」

「そうだったんですか。……よかった」

思いがけず消息を聞くことができて、桜子はホッと胸を撫《な》で下ろす。

「で——ほら、真面目な子でしょ？　世話した私に手紙をくれるわけ。貴女のことも気にしていたわ。その手紙に、ミーファ様のご懐妊《かいにん》のことが書かれていてね。王宮ではまだ知られていないみたいだけど、こっそり調べさせたら……本当だったわ。生まれてくるのは来年。無事生まれるかどうかもわからない。でも『立太子の儀』を前に、王妃が懐妊《かいにん》っていうのは、正直、こっちにとっては大打撃よ。——シュルムトからなにか聞いてる？」

「いいえ。なにも——」

なにも聞いていていない。

それどころか、王宮に移って以来ほとんどまともな会話もない状態だ。

あのバカ、とパヴァは毒づいた。

「どれだけ自分がギリギリのところにいるか、わかってるはずなのに。——どうしても、無理？あと三週間よ。考えておいてもらいたいの」

急ぐのはわかっている。桜子は曖昧《あいまい》な返事らしきものをした後で「なるべく早めに手を打ちます」と応《こた》えた。

いずれこういうことになる、と覚悟はしてきたつもりだ。

だが、桜子の中にはモヤモヤとしたものがわだかまっている。

その日、シュルムトは桜子の部屋には来なかった。

——このままでいいのだろうか。

翌朝、桜子は部屋で民兵のリストを眺めていた。

今日の夕方、民兵の戦没者だけでなく、負傷者も見舞いたい、とシュルムトに頼むつもりでいる。

そのためのアポもとってあった。

その時に、こちらから切り出すべきだろうか。

しかし、どう伝えるべきなのだろう。

王宮に移って以来、シュルムトは桜子と距離を取りたがっている。直接話すことさえ避けている様子だった。

それに、問題はもう一つある。

リストの中には、ミホの名前があった。

戦没者と違い、負傷者にはこの先の人生がある。見舞金だけでなく、その後の生活に困らないようサポートをするつもりで、既にパヴァとの間で話はまとまっている。

負傷者の見舞いを思い立った段階で、桜子はミホが負傷したことを知らなかった。疚《やま》しいことはなにもないのだから、ミホの見舞いも行くべきだと思う反面、シュルムトと微妙な距離がある今、躊躇《ためら》いもある。ミホとどうこうなるわけもないが、シュルムトにいらぬ誤解をされたくないからだ。

(どうしたらいいんだろう……)

シュルムトとは離れていた時の方が、気持ちが繋《つな》がっているように思えた。

やっと平和な日々が訪れたというのに。同じ建物で寝起きしているのに。今はシュルムトがひどく遠い。

このままでいいのだろうか。——いや、いいわけがない。


翌朝、桜子はシュルムトが執務室に使っている一階の部屋を訪ねた。

シュルムトは、一人で机に向かって筆を動かしているところだった。

「報告は受けている。見舞いが終わったそうだな。——礼を言う」

「皆さん、それぞれ悲しみに耐えていらした。……少し間を置いて、もう一度訪問させてもらっていいかな。それと、負傷者のお見舞いもしたいと思ってる」

「……そうだな。それは、こちらから提案すべきだった。改めて頼みたい」

やっとシュルムトが顔を上げた。戦争が終わってから、二週間も同じ建物で寝起きしているというのに、久しぶりに顔を見るような気がする。

「負傷者のリスト見たけど、怪我の度合いは詳しく書かれてなかった。それで、尋ねたついでに聞き取りもして、元の仕事に戻れない時は、就労支援ができればと思ってるの。この件はパヴァ様に相談済み」

「その案を全面的に支持する。さっそくに頼む。資金はこちらで準備しよう」

シュルムトは話が終わったと判断したようだ。また、筆を動かし始める。

「民兵の負傷者のリストに、城外西区の……ブドウ農家の、ミホの名前があった」

桜子がそう言うと、シュルムトは片眉を上げて目だけをこちらに向けた。

「……報告する必要はない。個人的なことだ。民兵として戦《いくさ》に出た者を見舞うのは当然のことで、その相手にお前がどんな感情を抱いてようと俺には関わりがない」

また目を机に戻す。おおよそ、予想通りの反応だ。

「気にしてるじゃない。ずっと」

「……俺は『関わりがない』と言っている」

嘘だ。気にしている。

そんな言葉で誤魔化せるとでも思っているのだろうか。

「ちゃんと言っておきたかったの。嫉妬《しっと》なんてする必要ないから」

「……次の予定がある。――話はまたにしてくれ」

そう言って、筆を置いたシュルムトが立ち上がる。

桜子はシュルムトに二歩近づいた。背の高い彼を見上げる形になる。

「私は、お見舞いに行くから。シュルムトが面白くないって思ってるのは知ってるけど、ミホのところにも行く。あの戦争で亡くなった方や、怪我をした方にお見舞いをしたいっていう貴方の気持ちを尊《とうと》いものだと思うから行くの。それが私の務めだと思ってるし、貴方の手伝いができることを誇りに思ってる。——ミホが特別だから行くんじゃない。貴方のためだから行くの。この国にいる限り、私は貴方のパートナーでいたいから」

まっすぐにシュルムトの目を見て言い切り、桜子は背を向けた。

「サクラ——」

「ミーファ様がご懐妊《かいにん》になった話、パヴァ様に聞いた。……私も、結婚は必要なことだと思ってる」

扉を開け、桜子は足早に執務室を出た。

シュルムトの人生が、この国で今後も続くように、桜子にも、日本に帰ってからの人生がある。

いずれ去る。けれど、後悔は残したくなかった。

——それから数日、桜子は負傷兵の慰問に回った。何件かは就労支援が必要なケースもあり、桜子はパヴァに連絡をして就職先の世話を頼んだ。

最終日に、ミホのいるブドウ園にも見舞いに行った。ミホの両親は、もう桜子を追い返すことはなく、桜子は温かく迎え入れられた。

「腕じゃなかったんですね！　よかった。――いや、全然よくないですけど！」

ミホの怪我が足だと聞いて、桜子はまっさきにそう言っていた。

「やっぱり、サクラちゃんならそう言うと思ったよ」

ミホの父親も母親も、来月にはミホと結婚をするという遠縁の娘も、その場に共にいて笑っていた。

戦争は尊《とうと》い命を奪いはしたが、ブドウを愛する青年から腕までは奪わなかったようだ。

長男で一人息子のミホが徴兵されたのは、結婚したばかりの従兄《いとこ》に代わってのことだったという。

桜子は見舞金を渡し、そしてミホと彼に寄りそう娘に祝福の言葉を伝えた。

「おめでとう、ミホ。――お幸せに」

もう彼を思って夜に泣くことはない。心から、幸せを願うばかりだ。

「サクラも。――幸せにな」

だから、琥珀《こはく》色の瞳の青年が、優しい笑顔で言った祝福の言葉も、素直に受け入れることができた。

ただ――

幸せに――という言葉は、目下桜子の最大の悩みと言える。

（なんなんだろう、幸せって）

まっすぐに王宮に戻り、西殿に入った。

桜子のために用意された二階の部屋は、白と淡い金で統一された上品な一室だ。

食事を終え、入浴をし、着替えを終える頃まで、桜子はぼんやりと考え事をしていた。

当たり前のことだが、桜子が日本に帰ることができたとすれば、その時、シュルムトは王位に就《つ》いている。後継者もいない状態で、王后《おうこう》不在は許されることではない。

きっと、塔が認める新しい王后《おうこう》を探すはずだ。

それは、どんな女性なのだろうか。

（……結婚、か）

桜子は日本に帰って、まずは就職先を探すことになるだろう。

数年行方不明になっていたのだ。そのまま復職は難しい。それに行方不明になっていたことを周囲に知られている環境では働きたくない。

日本に戻って、再就職をして――それからいつか恋をして、家庭を築くのだろうか。今はまったく想像できない。

――日本に、シュルムトはいないのだ。

「ブドウ酒をお持ちしましょうか？」

いつものように、シイラが桜子の髪をゆるく三つ編みに結いながら言った。

桜子のため息の数の多さから、気をきかせてくれたのかもしれない。

「……じゃあ、お願いします」

窓の外には月が出ている。シイラが静かに退出し、桜子は部屋に一人になった。

婚約は、勇気と根性で乗り切れた。

利害だけ、帰るため、と目的があったからだ。

だが——なにかが、変わってしまった。

婚約者としてシュルムトと過ごした時間。交わした手紙の——あのなにも伝わらない文章。日本語で書かれた一言。そして、決戦前夜の抱擁《ほうよう》。

もう、桜子の気持ちは以前と同じ温度ではなくなってしまった。

それはシュルムトも同じだと思っている。

(あとは帰るだけのはずだったのに……)

心が、これほど重いものだったとは想定外だ。

運ばれたワインを二杯飲み、今日何度目かわからないため息をつきかけた時——

ガタン！

(な、なに!?)

突然の物音に、桜子はベッドから腰を浮かせた。

「シュルムト！　出て来い！」

叫ぶ声が響くのと同時に、扉が開いた。

——ハラートだ。

仰天して、桜子は持っていたグラスを落としてしまった。

桜子はネグリジェとガウン姿だ。部屋に人を招くような格好ではない。

「なんのご用ですか！」

桜子は距離を取ろうとして、窓辺に寄った。

「シュルムトはどこだ！　言わんとためにならんぞ。聖女気取りの売女《ばいた》めが！」

また酔っているようだ。ハラートは部屋に入り込み、衣装部屋の扉を開けた。シュルムトを探しているのだろうが、さすがにこれは酔った勢いで済まされる話ではない。

「シュルムトはいません。ご用でしたら、彼の部屋をお訪ねになってはいかがですか？」

「ふん。――聞いているぞ。人気取りの慰問をしているそうだな。安い芝居には辟易《へきえき》する。民を手なずけようとも、腐った性根はお見通しだ。我が妻の名誉を穢《けが》そうとは……シュルムトも卑劣漢《ひれつかん》なら、貴様もとんだ女狐《めぎつね》だ。そのうち化けの皮を剥《は》がしてやる！」

桜子も、今ワインを飲んでいた。多少酔ってはいたが、その戦死者が出たのは誰のせいだ、と言いたいところを堪《こら》える理性くらいは残っている。

だが、やはり腹は立ったし、自棄《やけ》にもなった。

――やってられない。

桜子は窓を開け、まっすぐにバルコニーに出、その手摺《てすり》に足をかけた。

この時代の建物は、基本的に安全基準が緩《ゆる》い。手摺《てすり》は高くはなく、桜子でも簡単に乗り越えることができた。

「マキタ様！」

扉の前にいたはずのラシュアが、駆け寄ってくる。

ハラートも「おい！　なにをする！」とバルコニーに出てきた。

「来ないで！　これ以上近づけばここから飛び降ります！　誰かー!!　助けてー!!　賊《ぞく》が部屋にー!!　殺されるー!!」

桜子は思い切り大声で叫んだ。

きゃあ！　と廊下から悲鳴が聞こえ、侍女や女官たちが部屋に駆けつける。

その中に、シュルムトの姿も見えた。

――バカバカしい。

一体誰が、なんのために、こんな物語を用意したのか。

巻き込まれた人間の気持ちにもなってもらいたい。

時間を奪われ、生活を奪われ、家族を奪われ。

その挙句――

「サクラ！」

今度は、この世界で得たものをすべて捨てて帰れというのか。

ふわり、と身体が浮く。

シュルムトに抱き上げられ、桜子はバルコニーの中に戻された。

ハラートはラシュアの手で動きを封じられている。

「シュルムト！　お前、許さんぞ！　よくもくだらん噂を流したな！」

こんな状態でも、ハラートはシュルムトを憎しみに満ちた目で睨《にら》んでいた。

「なんの話だ。性根が腐ると、どうにも自分を基準にしか物を考えられぬようになるらしい。俺は貴様と違って、朱書きの立て札で人の足を引っ張るような真似《まね》はせん」

桜子はシュルムトの顔を見、それからハラートの顔を見た。

「な、なんだと！　なにを証拠に……！」

「少しは頭を使え。あの朱は貴族でさえよほどの機会でもなければ使えぬ高級品だ。その上、お前の側近の筆跡と一致した。隠す気があるなら隠せ。話にもならん。なんならその側近の名をこの場で告げるか？　証拠は揃っているぞ」

「……くそ……」

あの立て札はハラートの作戦だったようだ。たしかにすべて鮮やかな朱で書かれていた。

瀬尾の「いいインクですね」という感想は、真相に迫っていたらしい。

「貴様の妻の不名誉な噂ならば、流したのはこちらではない。俺は以前から、不貞の相手も、馴《な》れ初《そ》めも、密会場所も掴んでいる。戦《いくさ》の前に孕《はら》んでいたこともな。楽しみにしていろ。春には『予定よりも二ヵ月遅れて』お前の子が生まれるぞ」

(え!?　じゃあ、ミーファ王妃が妊娠してるのって……ハラート王子の子供じゃないってこと？)

とんでもないことを聞いてしまった。

思わず周囲を確認する。バルコニーには、桜子とシュルムトの他、ハラートとそれを押さえるラシュアしかいない。今のシュルムトの発言は声を抑えていたので、部屋の内部にいる女官たちの耳には届いていないはずだ。——とはいえ冷や汗が浮かぶ。

「バカな……！　そ、そんなはずがあるか！　お前の妄言《もうげん》だろう！　それほど王位が欲しいか！」

「お前と一緒にするな、と言っているだろう。姦計《かんけい》をもって手に入れた王位になんの意味がある。不貞を切り札にするならば、とうにしていた」

ハラートの激昂《げっこう》の理由は、ありもしないミーファの不貞の噂をシュルムトが流したと思い込んでのことだったようだ。ところが、それは事実なばかりか、生まれくるのは不義の子だという。その上、噂の出所《でどころ》もシュルムトではないというのだから、この酔っ払い王子の行動はすべて空回りだ。

王国の倫理観では、離婚は然程咎《さほどとが》められない。けれど夫以外の子を産むことは禁忌《きんき》だ、と聞いたことがあった。まして、王族の婚姻には塔が関わっている。

これは、桜子が想像するよりも重大な禁忌《きんき》に違いない。

「そんなわけが……あるものか！」

「信じる信じないはお前の自由だ。よい妻を持ったな、ハラート。『立太子の儀』を目前に不義の上、子まで孕《はら》むとは。闖入者《ちんにゅうしゃ》相手に窓から身を投げる覚悟で貞節《ていせつ》を守ろうとした我が許婚《いいなずけ》とは、天と地の違いだ」

真っ青になったハラートが、拳《こぶし》を握りしめてわなわなと震えている。

「俺は、なにもしておらん！　誰がこのような蛮族《ばんぞく》の女など襲うか！」

「当然だ。エテルナの巫女《みこ》は、貴様ごとき下郎《げろう》に穢《けが》されはせん。――連れていけ。目障りだ」

ラシュアは部屋の外までハラートを連れていき、その場で衛兵に引き渡した。

シュルムトが手で合図をすると、女官たちも去っていく。

そして、桜子たち以外、誰もいなくなった。――二人きりだ。

「すまなかった。危うい目にあわせた」

優しい声だ。久しぶりに聞いた気がする。

だから桜子は、察することができた。きっとこれから、シュルムトは桜子に言うのだろう。

王位に就《つ》くために、婚儀の日取りを決める必要がある——と。

「平気。ラシュアさんがいたから。——もう休む。おやすみなさい」

ただ、今はそれを聞きたくなかった。

桜子は、シュルムトの脇を通って部屋に戻ろうとする。——その肩を、掴まれた。

「サクラ。そのままでいい。聞いてくれ」

「そのままって……」

桜子は、部屋の方を向いている。

シュルムトは、桜子の後ろに立っていた。

意味がわからず、振り向こうとしたのだが——

肩を掴まれ、また部屋の方を向かされた。

(なんで？　なにこれ)

どうして『前ならえ』したような格好で話すことになったものか。意味はわからないが、顔を見ないで済むだけ、多少気は楽になった気はする。もしかすると、シュルムトも同じような気持ちでしたことなのかもしれない。

「——すまなかった」

「シュルムトのせいじゃないよ」

ハラートの件についてなのか、このところ避けていた件なのか。よくわからなかったが、どちらにせよ、かける言葉は同じだ。

「お前と婚約してから、俺はどうかしている。お前の心を捕らえた男に、柄にもなく嫉妬《しっと》までして。——儘《まま》ならぬ己《おのれ》の心は、異民族よりも厄介だ」

嫉妬《しっと》している、と告げられても、桜子に動揺はなかった。

自分の中にも同じ思いが存在していたからだ。

休暇中に誰かに会いに行ってるのではないか、と思った時。いずれ自分が去った後、王后《おうこう》として誰かが迎えられるのだ、と意識した時。桜子の中にわいた感情は、嫉妬《しっと》と名をつける他ないものだった。

「この国にいるうちは、共に手を携《たずさ》えたいと思っているのに、お前が西殿に来てから、避けてばかりいた。……いずれ帰るお前に、重い荷を背負わせたくはない——と言いながら、ただ、俺はお前を失う日を恐れていただけなのかもしれない」

鼻の奥が痛くなる。

泣くまいと思ったが、一粒涙がこぼれ、胸の前で握った手の上で弾けた。

「シュルムト——」

「お前に一言、告げれば済むことが、言えずにいる。ハラートの妻が孕《はら》んだことは知っていた。もっと早くに……言うべきことだった。だが、婚儀がお前を追い詰めるようで、躊躇《ためら》った。俺には、お前の存在が、俺を王位に就《つ》けるために神々が遣わしたもののように思えてならぬのだ。——それでいてお前は、それを一度として望んだことはない」

「……今はこの王都にいる人間の一人として、シュルムトが王様になったらいいって思ってるよ。これは本当。心からそう思ってる」

「——お前を、泣かせたくない」

振り切るものは軽い方がいい。——だが、もう手遅れだ。

「心配しないで。こっちで結婚したって、日本じゃ無効だから。日本に戻ったら、ちゃんと相手を探すから。普通に、転勤とかない職種の人——旭川か札幌《さっぽろ》の人がいい——」

「サクラ。手を貸してくれ。——譬《たと》えではない。お前の、手だ」

真面目で、価値観のあう人がいい、と続ける予定だった言葉を呑みこむ。

続ける意味のない言葉だったからだ。

「なに？」

桜子は右手を後ろに回した。

「違う。逆だ。左手だ」

「そっち向いていい？」

「手だけでいい」

シュルムトは、桜子の左手になにかを嵌《は》めた。

手を戻す。

「え……なに、これ？」

――指輪だ。

月明りと部屋の灯《あか》りだけでははっきりとは見えないものの、金の指輪のようだ。顔に近づけよく見れば、精巧な透《す》かし彫りがされて、美しい青い石が埋め込まれていた。

サイズがぴったりなのは、恐らく西殿に到着した日に身体のあらゆる場所を採寸されたので、そのデータを使ったのだろう。

「説明のいらぬ程度に、日本では一般的な習慣だと聞いたが。違うのか？」

「……それ、瀬尾くんに聞いたの？」

「ヤケイノミエルレストランとやらはわからんが」

人のことをさんざん昭和だ、と言っていた割には、やけにレトロな情報を持ち出してきたものだ。

「……あ、ありがと」

振り返ろうとしたが、またも阻止された。

「今年の祭りには、必ずお前を塔に連れていく。陛下の体調に左右されることだが、それさえ乗り切れば、来年、もう一度。――だが、俺はお前の帰還までを請《う》け負うことができん。条件が明らかになっておらぬ以上、苦しい選択を迫られることもあるだろう。俺が言っているのは、お前が、このガシュアード王国にある間だけの話だ。――サクラ。俺の妻になってくれ」

それはもう、利害だけでする結婚の申し込みではなかった。

この国にある限り、真の夫婦として、パートナーとして生きていきたい。そうシュルムトは言っている。

「シュルムト……私……」

「返事を聞かせてほしい。愛しい黒髪の女神。――俺はこの運命に抗《あらが》う時間が惜しい。もはやお前を失う痛みは変わらん。ならば目をそらし続けるよりも、向き合っていきたい。――俺は、我らに残された僅《わず》かな時間を、お前と分かち合いたい」

シュルムトの腕が、まるで壊れものを扱うように桜子の身体を抱く。

その躊躇《ためら》いが、愛おしかった。

指輪をぎゅっと握って、そして背から伝わる温もりを感じながら目を閉じる。

「――喜んで」

桜子は異世界の王子からの求婚に、涙で濡れた頬のまま笑顔で応《こた》えた。


ついに――運命の日は訪れた。

婚儀の日取りを決めたことで、シュルムトがハラートと共に『儀の間』に入ることを止める者はなくなった。

祭りの最終日、正装に着替えた桜子は、シュルムトと一緒に塔へ向かう渡り廊下を進んでいた。

先頭にはハラートがいる。彼も一度は塔の不思議に触れているので、自動ドアや照明にも狼狽《ろうばい》することはなかった。

シュッと音がして、扉が開く。

そこには、神官の服を着た瀬尾と——森本がいた。

森本の顔を見て、桜子は胸に痛みを覚える。——痩《や》せた。初めて会った時と比べれば、やつれたと言えるほどに痩《や》せたように思う。実際に体調が悪いそうで、七つの神殿からご神体を集めるのも、瀬尾が代行しなくてはならないほどだったという。

ガンだ、と言ったのを、半ば信じられずにいた。けれど、こんな状態の森本を排除することなど、桜子には到底できなかった。

病気であることも、せめて一目家族に会いたいと願うことも、罪ではない。

シュルムトは桜子の懇願を受け入れ、森本の参加を許した。

中央の石盤を囲む七つの台座には、ご神体が載ってほのかに光っている。

まず、ハラートが石盤の前に立つ。

塔がこの名を受け入れれば、ハラートが王太子になる。

桜子は目を閉じて、その瞬間を見ることを避けた。

——わずかな時間であったように思う。

「これで終わったと思うなよ」

そんな捨てゼリフが聞こえ、桜子が目を開いた時、もうハラートの姿はなかった。

塔はハラートを拒《こば》んだのだ。

次にシュルムトが、石盤の前に立つ。

『シュルムト・ヴァン・コヴァド・クラフスト』

名が、光り——呑まれるように消える。

（あ……）

この瞬間に、ガシュアード王国の王太子が——未来の王が、新たに誕生したのだ。

桜子は喜びの声を上げそうになるのを、唇を噛んで耐えた。

続いて森本が名を書く。彼は今年の最高位の神官だ。

『森本靖男《やすお》』

その名もまた光った。

桜子は、瀬尾の方を見る。

定員は明らかになっていない。瀬尾は、固まったまま、動けずにいるようだ。

「セオ。お前も書け。神官はかつての儀では七人集っていたという。次は一年後だぞ。試さんでどうする」

シュルムトの声に励《はげ》まされたのか、瀬尾は躊躇《ためら》いの後に、石盤の前に立って名を書く。

『瀬尾一蔵』

——名が、光った。

「せ、瀬尾くん……！」

「光った！　っていうか、これ、なんなんですか？　タッチパネル？」

桜子は瀬尾に走り寄り、手ぶりで静かにするように伝えた。

——塔の人間は、騒音を嫌うのだ。

そして最後に桜子の名も、また呑み込まれた。

シュッと音がして、扉が現れる。――塔の上部に続く扉だ。

「行くぞ」

シュルムトは、桜子の手をとって足を踏み出す。

――いよいよ、異界への扉が開かれるのだ。

(ここが――)

中は、細い螺旋状《らせんじょう》の階段になっていた。

この向こうに、日本がある。

逸《はや》る気持ちで上を目指す。――だが、階段はいつまでも終わらない。

(塔って、こんなに高かった?)

塔は、王宮の二階と繋《つな》がっている。王都中から見える塔はたしかに高いが、これほど――地上八階の大國デパート最上階まで上がるよりも、更に長い階段が必要だとは思えない。

(おかしくない? いくらなんでも、こんなに高いはずないんだけど……)

森本は早々に呼吸を乱し、壁に手を突きながら必死に上っている。

「すみません。ちょっと待ってもらっていいですか。――森本さんは、病気なんです」

限界を感じたのか、森本に手を貸していた瀬尾が、先頭を行くシュルムトに言う。

見れば森本の顔は青ざめて、額《ひたい》にはびっしりと冷や汗が浮いていた。

「俺が手を引く」

「申し訳ございません……」

シュルムトは森本に手を貸し、身体を引き上げる。

階段は、更に続いた。

気が遠くなりそうなほど階段を上り続け、やっと天井が見える。

(やった……！)

王都の暮らしでずいぶん足腰は強くなったと思っていたが、さすがに足が震える。涼しい顔をしているのは、シュルムトくらいのものだ。

(あれ？)

塔の上にいるのは、桜子の理解が及ばないレベルの超文明だ——という覚悟はしていた。

だが——これは、どういうことだろう。

呼吸が落ち着くのを待って辺りを見渡すと——そこに広がっているのは、ごくシンプルな石造りの空間だった。機械も計器類も、なにもない。

とにかく広い。そして、方形だった。壁は直角に接し、窓同士は平行に向かい合っている。

外から見る塔は、細い円柱形だ。あの急でいつまでも終わらない螺旋状《らせんじょう》の階段もおかしいが、こんな広く四角い空間が存在することも——あり得ない。

「SFっつーか……一周回ってファンタジーじゃないです？」

囁《ささや》き声で言う瀬尾に、桜子も「……そうだね」と同意する。

ふっと目の前に二つの扉が現れた。桜子の身体がビクッと強張《こわば》る。

何度も遭遇しているが、この現象には慣れることができない。

突然、声が聞こえてきた。

「そちらは見ない方がよろしいかと。人の形をしておらぬ者もございます。――お待ちしておりました。コヴァド王太子殿下」

ハッと振り向くと、いつの間にか扉の横には白いローブ姿の男がいた。

左の扉が、音もなく開く。

誘導されて、一同は揃って扉をくぐった。中は四角い、『儀の間』程度の空間だ。

案内したローブ姿の男が、パサリとフードを下ろす。

五十代くらいだろうか。温和な印象の人だ。頬に柔らかな笑みを浮かべ、その人は――

「はじめまして――槇田桜子さん。瀬尾くんは、久しぶりだね。靖男くんと会うのは、三年ぶりになるかな」

と言ってから「僕が、森久太郎です」と名乗った。

この男性が――森久太郎。『ガシュアード王国建国記』の作者。そして、桜子の父親かもしれない人物だ。

桜子は、知らずその顔に自分と共通した部分を探したが、答えを見つけることはできなかった。

「兄さん。条件は満たしたぞ。日本に帰してくれ」

森本は久太郎に向かって、かすれた声で言った。

「靖男くん。君は帰ることができる。それは間違いのないことだ。――でも、少しだけ時間をくれないか？　この塔に入るのは簡単なことじゃない。次の機会を待つ気持ちが、どれだけ苦しいものか、君ならわかるはずだ。二人に話をする間、少しだけ待っていてほしい」

久太郎は手を軽く動かした。――椅子がふっと現れる。

森本は、その椅子を気味の悪いものを見る目で見た後、静かに腰を下ろした。

シュルムトは久太郎に言った。

「万難を排して我らはこの塔に至った。こちらが求めている情報はわかっているな？　それをすべて渡してもらおう」

久太郎は胸に手を当て「承《うけたまわ》りました」と言って恭《うやうや》しく頭を下げた。

そして、桜子と瀬尾に向かって話し始める。

「少し急ぐ必要がある。たくさんの言葉を使わなければ説明のできないことばかりだけど――塔の人たちの中には、人の姿をしていない者も多い。我々の声を耳障りに思う者もいるんだ。できるだけ手短に伝えたいと思う。――ひとまず、僕が生まれてから今日までのことを話すのが一番早いから、そこから始めたい」

「お願いします。森先生」

桜子より先に瀬尾が言い、桜子は会釈《えしゃく》だけをした。

「僕が生まれたのは、コヴァド二世の治世下。南区のエテルナ神殿だ。詳しいことを話すのは、今を生きる君たちのためにならないから避けるけれど、コヴァド二世の王子の一人と同年に生まれている。父はエテルナ神殿の神官長。母は学習館の教師だった。――もうずいぶん白くなったけれど、僕の髪は黒いだろう？」

「はい。――黒い……日本人の髪に見えます」

目を見て問われ、桜子は思ったままを答えた。半ば白いが、その髪は日本人のものに見える。

「両親の髪は黒くないんだ。知っての通り、この王都では髪の黒い人間は多くない。両親に尋ねたところ、父方の祖父も、母方の祖父も、両方髪が黒かったそうだ。隔世遺伝だったようだね。伝聞の形になるのは、僕はどちらの祖父も見たことがないからだ。二人とも、異国から来て、異国に帰っていった」

緊張で、呼吸が苦しい。桜子は胸を押さえて、話の続きを待った。

「コヴァド二世陛下の御子息――王子とお呼びするけれど、王子と僕は幼馴染《おさななじみ》だった。王宮にも何度も招いていただいている。そこに飾られている素晴らしい絵を見るのが、とても好きだった。――宮廷画家セオの描いた画だ。王都五十六日戦争の英傑《えいけつ》が描かれたもので……」

(瀬尾くんだ)

桜子には、その宮廷画家セオが、ここにいる瀬尾一蔵の未来を示しているに違いない、と思った。

そして久太郎は、瀬尾の顔をまっすぐに見て続けた。

「子供心に、あれが僕の祖父の描いた画だと思うと、誇らしかったものだ」

祖父――という言葉に、桜子は「え？」と声を出していた。

自分が聞き間違ったのか。それとも久太郎が言い間違ったのか。

「え？　ちょっと……待ってください。今、森先生、祖父って……言いませんでした？」

桜子が聞き返すより前に、瀬尾は久太郎に問うていた。

それもそのはず、おかしな話だ。その宮廷画家のセオが、瀬尾であるとすれば、『森久太郎は瀬尾一蔵の孫である』ということになってしまう。

ところが――

「そうだよ。僕の母方の祖父は、宮廷画家セオだ。異国から来て異国に去った黒髪の画家。――あの出版社が主宰したコンペで君の絵を見つけた時、僕は運命を感じたよ。本当にいい絵だった。この瞬間のために僕はあの物語を書いていた、とさえ思ったんだ。――実現しなくて残念だったよ」

信じられない。それでは、桜子は、瀬尾とも血縁があることになってしまう。

それも、瀬尾が桜子の先祖ということだ。――到底呑み込めない。

桜子は横にいるシュルムトを見上げた。

「気を強くもて。――ここにいる」

シュルムトが、桜子の手をしっかりと握った。桜子はその手を握り返し、ひどく浅かった呼吸を一度整える。

久太郎は話を進めた。

「王子が十五歳になった年に『立太子の儀』が行われた。その時、私は最高位の神官として、儀に参加している。父はたまたま怪我で参加できなかったんだ。そして――気づいた時には、日本にいた。森本家にね。いきなりだ。日本から王都に飛ぶのもずいぶん驚くだろうけれど、逆も驚くよ。しかも、日本には塔はないからね。言葉もまったく通じない。――あぁ、君たちがこちらの言葉がわかるのは、塔にいる僕の脳を経由しているからなんだ。塔にいる間、僕の意識は塔の一部に溶け込んだような具合になっていてね。なんと言ったらわかるかな。——そう。桜子さんが言っていた、自動翻訳機、というのが近いかもしれない」

「聞いて……いたんですか？　私たちが喋《しゃべ》っていたこと……」

桜子は、眉を寄せて尋ねた。

「聞こえていたよ。君たち——僕と血の近い人の声は、いつも聞こえていた。僕の脳を経由している時しか翻訳はできないからね。不都合はなかったろう？　これでもここで頑張っていたつもりだ」

自動翻訳機も、塔の力だったらしい。原理はまったくわからないが、日本語と王国語のどちらの言葉も知っている久太郎が間に入っていたからこそ、これほどしっかりと言葉が通じていたのだ。

「そなたの脳を経由する——ということは、そなたが使うことのできる言語のみが、翻訳されている、ということだな？」

それまで黙っていたシュルムトが、久太郎に問いを投げかけた。

「はい。私はこの国の言葉と日本語は、どちらもほぼ不自由なく使うことができます」

不自由なく、というのは謙遜《けんそん》だろう。翻訳機能の語彙《ごい》は、実に豊富だった。桜子がふだん耳にしない政治や歴史に類する言葉も例外ではない。だが、食べ物の語彙《ごい》はあまり豊かではなかった。久太郎は料理をしない人なのかもしれない——と桜子は思った。

東区の人たちの喋《しゃべ》る王国語は桜子たちの耳に訛《なま》って聞こえた。そして、彼らの故郷の言葉はまったく理解できなかった。また、王国の人が、仏教由来の熟語を使いこなしてもいた。そうした不可思議なことに、やっと説明がつく。

「サクラが古代文字を読めたのは、そなたがエテルナ神殿の神官長の息子であったからか」

「お気づきになられたのですね。——その通りです」

桜子は意味がわからず「どういうこと？」とシュルムトに尋ねる。

「『儀の間』で俺が石盤に書いた名を、お前は読んだだろう。あれは古代文字で、俺は読むことができん。自身の名の綴《つづ》りだけ成人した折に塔から知らされ、我らはそれを暗記するのだ。——古代文字を扱えるのは、各神殿の神官長だけとされている。信じがたい話だが、この男の言葉に偽りはないようだ。——続けてくれ」

シュルムトが促《うなが》すと、久太郎は会釈《えしゃく》をしてから、桜子と瀬尾の顔を見た。

「翻訳機能はとても便利だけど、これはよほど血が近くなければ成立しない。僕は桜子さんの父親で、瀬尾くんの孫だからね。上手い具合にいったよ。僕は言葉で苦労したから、助けになれてよかった」

これまでの久太郎の言葉に嘘はない——とすると、やはり桜子は久太郎の娘だったということになる。

——ならば、どうしてもたしかめたい。

「母のこと……ご存知なんですか？」

「大久保早苗《おおくぼさなえ》さん。——よく知っているよ。再婚されたんだね。僕は早苗さんが妊娠していたことも知らなかった。君が靖男くんに母親の名前を告げた時、やっと君がここにいる理由がわかったよ。――塔が飛ばすことができるのは、ある血を持った者だけだ。我々はその血を持った者を『時渡《ときわた》り』と呼んでいる。君にも、その血が流れているということだ」

――血。自分の血が、この運命を招いたということ。

それまで黙っていた森本が、口を開く。

「……兄さん。その話でいくと……兄さんと、私の両親の血縁が認められたのは、私が……兄さんの祖父だから、ということなんだな？」

「正解だ、靖男くん。僕の父方の祖父は、グレン神殿のモリモトという男だ」

まったく理解できない。桜子は「全然わかんない」と弱音を吐いた。

「信じがたいが、どうやらこの男は、異界と行き来しただけでなく、今から数十年後の未来から、数十年過去までを移動しているらしい」

シュルムトが言葉を添える。それでやっと桜子にも、様々な不可解さをより不可解にしている時間のズレに意識が及んだ。

「じゃあ、異世界トリップだけじゃなく、タイムスリップまでしたってことですか？」

桜子がそう問うと、久太郎は「そういうことになるね」と笑顔で答えた。

「本来の僕が生まれた、数十年――四十何年か後の世界では、もっとこの塔は『老いて』いるんだよ。今だってもうずいぶん『老い』はじめて……まだ死んでもいない人の訃報《ふほう》の鐘を、フライングで鳴らしてしまったり、成立しない立太子の儀で、異界と扉をつなげてしまったりしているだろう？」

「それ……老化現象だったんですね」

桜子は苦い顔で言った。その勘違いのせいで、桜子はこの世界に来てしまったのだ。

そうでなくとも理不尽な身の上が、ますます理不尽に思えてならない。

「この地に彼らが根をおろしてから千五百年。彼らの寿命は五百年程度だ。集団として老いてしまった。塔の機能も衰《おとろ》えつつある。僕が生まれた頃の塔はもっと老いていて、それで僕は都合八十年くらい過去に——自分の祖父がランドセルを背負ってる時代に、飛んでしまったわけだ」

瀬尾が「ちょっと待ってください」と話に入ってきた。

「それ、ループしません？　いや、その、俺の孫が森先生っていうのとか、まだ呑み込めてないですけど、そこいったん横によけといて……」

「大丈夫だよ。今、この瞬間に連鎖が止まる。ここに、僕がいる。これは僕が生まれた世界では起こらなかったことだ。塔の老化が、僕を八十年タイムスリップさせたことで、僕は——ここで、コヴァド王太子殿下とお会いし、話をすることができた。塔への干渉が許されるのは王のみ。殿下が即位されれば、決してこの塔を放っておきはしないはずだ」

久太郎はシュルムトを見る。シュルムトは、桜子の顔を見てから頷いた。

「父母から子を奪い、子から親を奪う。このような塔は、機能すべきではない。——いずれ来《きた》る即位の儀で、今ここにいるニホン人を送った後は、塔を解体する」

そうはっきりとシュルムトは言った。

「そのお言葉を、待っておりました。――御英断に、心より感謝を。さぁ、たった今、歴史は一つの流れに戻った。今、王国にいる日本人を送り終えたのを最後に、塔での儀は行われない。今後、もう異界への扉は開かれないんだ。未来に生まれる『僕』は日本に飛ぶことはない」

清々《すがすが》しい笑顔で、久太郎は言った。

これでもう、森本や、瀬尾や、桜子のように、望まないトリップに巻き込まれることはなくなるのだ。

だが――まだわからないことがある。

「もう少し、聞かせてもらっていいですか？　そもそも、この塔はなんなんです？」

桜子の問いに、久太郎は静かに続けた。

「簡単に言えば、遥か遠い未来――人類が、もう我々と同じような姿をとらなくなったくらい未来の人々が、生命の生存が難しくなった地球から逃げてきたのが、この世界だったようだね。この王都がある場所は、磁場がいいらしいよ。彼らはここに乗ってきたロケット……というのかな。宇宙空間に飛び出す、いわゆる宇宙船をここに下ろした。外側は覆《おお》っているけれど、ほら、この塔はそういう雰囲気の形をしているだろう？」

「これ、宇宙船ですか……」

桜子は辺りを見渡す。たしかに塔はスペースシャトルのような形はしているが、内部の石造りの壁は、ＳＦ的な宇宙船の――計器類に囲まれたイメージとは程遠い。

「――宇宙船かよ」

瀬尾も石造りの空間を見ながら、小さく独り言を言っていた。

「王都にある七つの丘も――そうだね、充電、と呼ぶとわかりやすいかな。そこで力を溜めて、儀式のある祭りの時に塔へ運んでくる。それを異界に転移させる動力にしているわけだ」

もう、いっそこれが宇宙船でも、あのご神体が充電用のツールでも構わない。

桜子にとって問題は、そこではないのだ。

「なんでそんなことをする必要があったんですか？　日本とここで、人を行き来させる意味がわかりません」

納得のできる答えが、久太郎から得られるとは思っていない。そこにどんな理由があっても、納得できるとは思えなかった。それでも、聞かずにはいられない。

そして、久太郎の口から語られたのは、桜子の想像を遥かに超えた話だった。

「まず、彼らは手始めに、この世界の原始的な人間の姿を獲得しようとした。彼らは人には見えないからね。近隣から女性を攫《さら》っては子供を産ませた。そして、彼らの子孫は原始的な人間の姿を手に入れたんだよ。次に、彼らは自分の故郷と行き来させ、日本の文化や技術を手に入れようと思った。――この塔の部品の多くは、『日本製』でね。だから、日本と回線を繋《つな》いだ。五百年以上前のことだったと聞いている。そこまではよかったが、彼らは大事なことを忘れていたんだ。彼らは容姿に関して我々原始的な人間の感覚を失っていたから、無理もないのだけれど。――日本人というのは黒髪で、黒目だ。金髪碧眼《へきがん》の、彼らの子孫が昔の日本に飛んだら、どんなことになると思う？」

それは実に簡単な想像だった。

「鬼――のように扱われた……？」

「そうだ。送りこんだ多くの子孫たちが殺された。これでは目的が達成されない。だから、彼らはまた、混血を進める必要があった。日本で生きていける、黒髪で、黒目の子孫が欲しかったんだよ。――僕たちは、この日本人と混血を進めた者を『時渡り』と呼んでいる。異界との行き来は、塔の血を持った人間しかできないことなんだ。君たちがここにいるのも、その身体に流れる『時渡り』の血に由来している」

ゾッとした。

この、非人道的なトリップを強《し》いる塔の人の血が、自分にも流れているなど、信じたくはない。

「私がここにいるのは、私が、久太郎さんの娘だから――なんですね」

「僕だけじゃない。早苗さんにもその血は流れているはずだよ。我らは血で呼びあう。僕が早苗さんと一目で惹かれあったように。森本夫妻が僕を厚く保護したように。血が、互いを求めあい、助けあうようにできているんだよ。我々が生存するために組み込まれた情報なのかもしれないね」

森本が「惹かれあいなどするものか」と毒づいた。

桜子は、瀬尾と惹かれあった覚えなどない。森本に親しみを感じたのは口を開く前までだ。

一同の表情の意味を理解したのか、久太郎は苦笑していた。

「まぁ、僕も靖男くんとは、親しかったとは言わないよ。けれど、僕が蔵に資料を取りに行ったとき、靖男くんは追ってきた。――当時、スランプで悩んでいてね。僕が首でも吊るんじゃないかと心配してくれたんだろう。……覚えはないかい？　血が呼びあうんだ。ほら、たとえば、クロス伯爵は君たちに親切ではなかった？」

「それは……その通りです」

日本人の子孫であるマサオは、桜子たちの養子縁組を簡単に受け入れている。

「我々の血は、集まれば一種の『場』を作るようだ。それを塔は察知できる。──僕は塔にいる間、君たちの会話だけはよく聞こえていたよ。日本に飛んだときも、靖男くんのいる森本家の庭にいたし、こちらに来たのも靖男くんと一緒にいた時だ。──君たちも、そうだったと聞いている」

「はい。──そうです。瀬尾くんと一緒にいる時に、段ボールが落ちてきて……」

「反吐《へど》が出る。──望んでこんな身体に生まれたわけじゃない」

森本は、忌々《いまいま》しそうにそう言った。

「──酷いことだけど、結論だけを言おう。異界の扉をくぐることができる者は、『時渡り』の血を持つ者だけ。そうして更に、戻って来ることができるのは、飛んだ先で子を生《な》した者だけ。……子を連れていくことはできない。それが、この塔が定めた、唯一絶対のルールだ」

まさか。もしかして。──様々な可能性について、これまで何度も考えてきた。

覚悟もしてきたはずだ。

だが──いざ言葉にして聞くと、あまりにも重い。桜子は耐え切れずに声を上げていた。

「本当に、それしかないんですか？　子供を産まなきゃ帰れないなんて、あんまりです！」

「最初のトリップに条件はない。だが、日本に行った僕は、それと知らずに早苗さんとの間に子供を授かって──王都に戻った。靖男くんはこちらで子供を授かっているから帰ることができる。

今、靖男くんが帰るところを見たら、それが真実だとわかってもらえると思う。……それが塔の望みなんだ。自分たちの血を残し、自分たちの故郷を再現させる。……まったく、迷惑な望郷だと思うよ」

瀬尾は額《ひたい》を押さえて、深いため息をついた後、声を荒らげた。

「そんなら、最初から言ってくださいよ！　こんなの、こっちに不利すぎるでしょう！」

「申し訳ない。塔にできることは、限られている。物を落とすことはできても、こちらから声をかけることはできないんだ」

男の瀬尾は、次の祭りまでに相手が妊娠すれば間に合うだろう。

だが桜子は、一年後までに出産を終えていなければいけない。

そして――産んだ子供を置いていくことになる。

ユリオ三世の病状は、年を越せるか越せないか――という段階まできているそうだ。ならば次の機会は、一年後。奇跡的に命を保ったとして二年後。

その次に起こる儀式は、王となったシュルムトの子が成人する――十五年後だ。

桜子はへたりこみそうになるのをぐっと堪《こら》え、久太郎に問うた。

「その条件では、簡単に帰ることはできないと思います。過去に例はありましたか。……女性で」

久太郎は、答えた。

「そうだね。簡単ではない。男性の場合で、半々程度だそうだ。女性の場合は、ほとんどいない、と聞いている。子供が成人した後、夫を亡くしたケースなどでは、一人で帰った例もあったようだ」

その時、ぐらり、と視界が揺れた。

「――そろそろ限界のようだね。少しお喋《しゃべ》りが過ぎた」

塔がタイムアウトを告げているのだろうか。――だが、まだ聞かねばならないことがある。

どうして、自分はここにいるのか。この物語の意味を知りたかった。

「久太郎さん。最後に一つ――教えてください。瀬尾くんの話では、ユリオ王と、コヴァド王の回顧をするコヴァド二世は、物語の冒頭で『白髪』だと書かれていたと聞いています」

「あぁ。それは……私の知るコヴァド二世陛下は、当時四十になるやならず、だったからね。老いた姿は僕の創作だ」

「コヴァド二世の髪の色は……何色でしたか？」

久太郎は、穏やかなままの笑みを消して、桜子の目をじっと見てから、言った。

「コヴァド二世陛下は、後世の人々に敬意をこめてこう呼ばれていた。――『黒髪の英明王』と」

その言葉の意味することは一つ。――桜子は、目を閉じて天を仰いだ。


――王太子シュルムトと、その婚約者マキタの婚儀は、年明けの吉日、晴れ渡る空の下で行われた。

シュルムトが王太子位に就《つ》いてから、二人は言葉を惜しまず、互いに手を携《たずさ》えてきた。

桜子は既に、王妃としての公務を行っている。

学ばねばならないことは多くあるが、桜子は持ち前の勤勉さで、真摯《しんし》に公務に取り組んでいた。

シュルムトもまた、実質的な国王として日々公務にあたっている。

「準備はできたか？」

控え室の扉を、シュルムトが開ける。

ウェディングドレスは新調せず、瀬尾が舞踏会にあわせてデザインしたドレスに、繊細なレースを重ねて作った。

結い上げた髪に花を飾り、ベールを被った姿で、桜子は「今終わったところ」と答えた。

「さっき、瀬尾くんがお祝いにって、荷物を置いていったの。シュルムトに渡してほしいって」

「そうか。――あぁ。頼んでいた絵だな」

シュルムトは、瀬尾が置いていった包みを開く。

「あ――それ」

いつか、事務所のアトリエで見た絵だ。

「月の女神の絵を、頼んでいた」

「これ、エテルナの絵だったんだ」

美しい女神の絵だ。事務所で見た時にはなかった大きな三日月が、背景に浮かんでいる。

（あれ、これって……指輪？）

桜子は、その絵の女神の左手の薬指に、桜子がしているのと同じ指輪を見つけた。

「エテルナではない。お前の絵を頼んだ。――いつかお前がニホンに戻った後、偲《しの》ぶものが欲しいとな」

舞踏会の時のスケッチは、この絵を描くためだったのかもしれない。

「……綺麗な絵だから、まさか自分がモデルだなんて思わなかったよ」

「よく似ている。この上なく美しい——俺の女神だ」

瀬尾は、美しく描いたつもりはない、と言っていた。

しかしシュルムトの目には、この上なく美しく見えるという。

「……やっぱり、絆《ほだ》されたのかな」

小さく桜子は口にした。

「なんの話だ？」

「うぅん。なんでもない。アバタもエクボっていう話」

今、それを確認することに、意味はないように思えた。

「運命に抗《あらが》うのは、難しい」

シュルムトは桜子が問うのをやめたはずの答えを簡単に出してから、手を差し出す。

手を引かれ、桜子は王宮を出た。待っていた馬車には花が飾られている。

馬車は、太陽の広場へ向かって走りだした。

——王都民が待っている。

桜子は今日、この国の王太子妃になるのだ。

塔で久太郎の話を聞いてから今日までの二ヵ月、桜子は悩み続けた。

悩み、苦しみ、いっそ、この世を呪いさえした。

だが、久太郎の話を聞いた瞬間から――自分がいずれシュルムトの子供を産み、その子供がガシュアード王国最大版図《はんと》を築くコヴァド二世となる運命を垣間見た時から、答えは決まっていたように思う。

桜子は、槇田早苗の娘だ。

自分を産み、そして、女で一つで育ててくれた母親の背から学んだことだけは、裏切ることができない。いずれ生まれる我が子を置いていくことなど、考えられなかった。

運命を受け入れてしまえば、もう桜子の進む道に誘導灯は要《い》らなくなっていた。

馬車はゆっくりとスロープを下りていく。

王都の石造りの建物。ライトグレーの石畳、広場で自分たちを待つ人々。そして、自分の横にいる、夫となる人。――どれもすべてが美しく、愛おしいものだ。

桜子はまだ、シュルムトに自分の決意を伝えていなかった。

彼はこれまで、一度として桜子を引き留めるようなことは言っていない。それが、彼なりの愛情であることを、桜子は知っている。

だから、都民の前に立つより先に伝えたかった。

そうして堂々と、この国の王太子妃としてシュルムトの隣に並びたい。

「シュルムト。――この国に、私の居場所はありますか？」

馬車に揺られながら、桜子はそう問うた。

「この国にいる限り、お前の居場所は、俺の傍《かたわ》らだ」

「それは……来年の祭りの後でも？　その後も——ずっと？」

桜子を見つめる、空の色と同じ青い瞳が見開かれ——そして細められた。

この国に残りたい。——桜子の決意を、シュルムトは理解したようだ。

シュルムトが、桜子の左手を両手で包んで口づける。

「永劫《えいごう》変わらぬ。お前の他に、王妃はいない」

「——貴方の傍にいさせて。これからも——ずっと」

広場の前に馬車が止まる。

「許せ。今俺は、己《おのれ》の幸運を神々に感謝している」

「……私も。とっても幸せ」

シュルムトは桜子を横抱きに抱き上げ、そのまま広場の舞台へとまっすぐに進む。

「また言い忘れるところだった。——今日のお前ほど美しいものを、俺はこれまで見たことがない」

「ありがと。シュルムトこそ、今日はすっごくカッコいい。——惚《ほ》れ直しちゃった」

桜子が笑顔で言うと、この年下の夫は——照れたらしい。目をそらした。

名うての色男も、存外可愛らしいところがある。

ゆっくりと舞台の上に下ろされて、二人は並んで観衆の前で手を振った。

広場は歓声に包まれる。

「王太子様万歳！」

「王太子妃様万歳！」

この国の未来を背負う若い夫婦は互いに見つめ合い、そっと唇を触れ合わせた。

ゴーン……ゴーン……

鐘の音が響く。

四度目の鐘が鳴った時、王都の歓声は最高潮に達した。


——話は多少遡《さかのぼ》る。

森本は、久太郎の話が終わった後、異界の扉に消えていった。

グレン神殿のモリモトは、多くの財産を残した。その半分は、残していく息子と妻に。残りの半分は、桜子に贈られた。「君ならばよい使い方をしてくれるだろう」と言って。

森本とアガト公との契約は決裂しており、森本は彼らに財産を譲渡することはなかった。関係の破綻が決定的になった時、森本はシュルムトに鞍《くら》替えしようとしたらしい。あのミーファの不義の『噂』を流したのは、森本だったそうだ。

春に、ダシュアンにいたミーファは産み月よりも大幅に遅れて出産。その報《しら》せが入ると共にハラートは王都を後にした。しばらくして、死産であったことと、ミーファが産褥《さんじょく》の中で亡くなったことが桜子の耳にも届いた。

ダシュアンでなにが起きたのか。シュルムトは話さなかったし、桜子も問うことはなかった。

ミリアの子供は無事に生まれた。戦争が若者たちの結婚熱を煽《あお》ったのか、にこにこ商店街の界隈《かいわい》ではめでたい話が続いている。月の光亭の看板娘も、元女官も、次々に伴侶《はんりょ》を得た。

にこにこ商店街は、戦争の間も健全な運営を続けたことでますます名を上げ、連日賑《にぎ》わっているという。スタッフたちもサービスの質を落とすことなく働き、契約農家も続々と増えているそうだ。

桜子たちの婚儀で鼻血を出して退場したウルラドは、その後元老院議員に復し、未来の宰相となるべく日々を送っている。舞い込む縁談は、王都中の貴族の娘を網羅《もうら》するほどの数であったそうだ。夏には、候補者の中で最も年上の未亡人を選んだことで話題を攫《さら》ったが、彼の若干特殊な嗜好《しこう》を知る者は総じて「納得の選択だ」と言ったという。

マサオは、引きこもり中離れていた妻——既婚者だったことには驚かされた——が戻り、円満な夫婦関係を築いているようだ。彼は弓弩隊《きゅうど》を率いての活躍だけでなく、ベルーガ軍によって破壊された城壁を瞬《また》く間に修復したことで各所から高い評価を得た。そして結局断り切れず、軍の要請を受け、しぶしぶ社会復帰を果たすことになったそうだ。その後も、王都に残った日本人の子孫たちの保護に努めることになる。

——瀬尾は、一年にわたり絵を描き続けた。

神殿の奥宮《おくみや》の一室で、神官としての務めのすべてをスルーし、ひたすら絵を描いていた。

完成した絵は、素晴らしいものだった。

王都解放を成し遂げたシュルムト。その後ろにはウルラドとマサオがいる。シュルムトの前で跪《ひざまず》くのは、黒髪の女——桜子だ。そして、群衆の陰には、ひっそりと瀬尾自身がいた。

この絵を完成させるまでの一年、桜子はあまり瀬尾と話をしていない。

どれだけの葛藤《かっとう》と、瀬尾が戦っていたのか。どのようにして、アウラという女性と縁を繋《つな》いだのか。

それを桜子は知らない。

ただ、エテルナ神殿を訪ねた時こう言っていた。

「アウラさんの父親は、絵描きだったそうです」

——立太子の儀から半年後。ユリオ三世が崩御した。

その年の祭りの最終日に『即位の儀』が行われ、シュルムトはコヴァド一世として即位した。

この時、瀬尾は条件を満たし、日本へと帰っていった。

「あとのことは、心配いらないから。安心して任せて」

今度はどういうわけか、数段上っただけで辿《たど》りついた塔の上で、桜子は瀬尾にそう声をかけた。

「よろしくお願いします。——すみません。ほんとにすみません」

泣きながら、瀬尾は謝っていた。何度も何度も。繰り返し。

「——元気で」

「桜子さんって、呼んでいいですか？」

最後の最後で、瀬尾は桜子にそう聞いた。

「いいよ。好きに呼んで。……でも、ごめん。私は一蔵くんとかムリだから」

「気持ち悪いからやめてください。……なにか、伝えますか？　旭川の実家に」

「うぅん。……かえって、悲しませるだけだから、いい」

桜子は、森本にも同じことを問われて断っている。

なまじ希望など与える方が、悲しみを深くさせる気がする。

「すみません。ほんとに……アウラさんと娘のこと、お願いしま――」

言い終えることなく、瀬尾の姿は消えていった。

シュルムトの『即位の儀』の終了と共に、塔は段階的に解体されることが決まった。

第一段階として、神官らの一部は塔を下りた。

この時、久太郎――王都での名はキュウトというそうだ――も塔を下りている。

そして――ガシュアード王国の王后《おうこう》となったその日、桜子は言葉を失った。

『槇田早苗様

お元気ですか？

報告が遅くなりましたが、実は、去年、結婚しました。

以前お話しした、取引先の人です。責任感のある、国のことを大事にする、立派な人です。

いろいろ、伝えられなくて、ごめんなさい。

日本に帰ることができなくなりました。どう伝えるべきか、とても悩みましたが、どうしても他の道を選ぶことができませんでした。

私を女手一つで育ててくれたお母さんに、心から感謝しています。

この決断ができたことは、私の誇りです。

――私は、槇田早苗の娘であることを、誇りに思います。


一つ、お報《しら》せしたいことがあります。

まだ先のわからないことですから、もうちょっと落ち着いたらまた書きますね。

よい報《しら》せです。きっと喜んでもらえると思います。

桜子』

――桜子がこの国で春を迎えるのは、これで五度目だ。

コトリ、と筆を置き、桜子は手紙をシイラに託した。

久太郎が塔から下りた瞬間から、自動翻訳機の恩恵は失われた。王国語は王国語のまま桜子の耳に入るし、王国語を話す人たちは、桜子の言葉を聞き取ることができなくなった。

久太郎は、毎日桜子に王国語を教えてくれているが、まだ、王国の人たちとの意思の疎通は難しい。それでもシイラは慣れているので、その手紙をどうするべきかを知っている。

――エテルナ神殿に、届けられるはずだ。

桜子は手紙を渡すと、温かな風に誘われるように、バルコニーに出た。

「サクラ」

声をかけられ、振り返る。

公務を終えたシュルムトが帰ってきたようだ。

サクラ、という音だけは、すぐに覚えた。

そして、愛している、という言葉も。

今日、桜子はシュルムトに伝えなければならないことがあった。

聞き取りはずいぶん慣れたが、まだ話すのは得意ではない。

桜子は、シュルムトの手を取り、そっと自分の腹部にあて、笑みを浮かべた。

――伝わったようだ。

一度驚いたように見開いた青空の色の目が細められ、嬉しい、身体を大事に、風に当たらない方がいい、そんなことを言っている。

それから——愛している、と。

すべては理解できなかったが、その優しい笑顔と、柔らかな抱擁《ほうよう》で気持ちは伝わった。

桜子の方も、その時は言いなれた語彙《ごい》だけで、十分に伝えることができた。

「——愛してる。シュルムト」

春の柔らかな風が吹く。

二人の立つ王宮のバルコニーの下には、英雄コヴァド一世の名を刻む美しい白亜の街並みが広がっている。

そして、南区のにこにこ商店街は、その後も長く王都一の商店街として名を残す。

——英雄の傍《かたわ》らにあった聖女、王后《おうこう》マキタの名と共に。

いくらイケメンでも、モンスターとの恋愛フラグは、お断りです!

高校の入学式、音恋は突然、自分がとある乙女ゲームの世界に脇役として生まれ変わっていることに気が付いてしまった。『漆黒鴉学園』を舞台に禁断の恋を描いた乙女ゲーム……
何が禁断かというと、ゲームヒロインの攻略相手がモンスターなのである。とはいえ、脇役には禁断の恋もモンスターも関係ない。リアルゲームは舞台の隅から傍観し、今まで通り平穏な学園生活を送るはずが……何故か脇役(じぶん)の周りで記憶にないイベントが続出し、まさかの恋愛フラグに発展!?

各定価：本体1200円+税
illustration:山子王子(1巻)／はたけみち(2巻~)

全7巻好評発売中!

スマホゲーム化決定！
2017年春
配信
予定！
異世界でカフェを開店しました。
豪華声優陣による
キャスト発表中！
事前登録受付中！
詳しくは公式HPに
アクセス！
https://isekaicafe.jp/
※ゲームリリースをもって、事前登録は終了します。
©Ringo Amasawa ©AlphaPolis Co., Ltd. キャラクター原案：⑪(トイチ)・野口芽衣

喜咲冬子（きさき とうこ）
函館出身。札幌在住の文筆業従事者。近著に『黎明国花伝』（富士見L文庫）がある。

イラスト：紫真依
http://blog.livedoor.jp/aibou1125/

本書は、「小説家になろう」（http://syosetu.com/）に掲載されていたものを、
改題・改稿のうえ書籍化したものです。

ガシュアード王国《おうこく》にこにこ商店街《しょうてんがい》3

喜咲冬子（きさき とうこ）

2017年4月4日初版発行

編集－城間順子・羽藤瞳
編集長－塙綾子
発行者－梶本雄介
発行所－株式会社アルファポリス
〒150-6005 東京都渋谷区恵比寿4-20-3 恵比寿ｶﾞｰﾃﾞﾝﾌﾟﾚｲｽﾀﾜｰ5F
TEL 03-6277-1601（営業） 03-6277-1602（編集）
URL http://www.alphapolis.co.jp/
発売元－株式会社星雲社
〒112-0005東京都文京区水道1-3-30
TEL 03-3868-3275
装丁・本文イラスト－紫真依
装丁デザイン－AFTERGLOW
印刷－図書印刷株式会社

価格はカバーに表示されてあります。
落丁乱丁の場合はアルファポリスまでご連絡ください。
送料は小社負担でお取り替えします。

ISBN978-4-434-23136-0 C0093